日本老民考

さまざまな老い　それぞれの終《つ》い

手　塚　英　男　講　話　集

［第一話］

# 二人の竹取の翁



同時代社

# 目次

# その一　かぐや姫のおじいさん

※岩波文庫『竹取物語』（阪倉篤義校訂）を底本にしました。文中の〈……〉は、同書からの引用で、現代かなづかいに改めたものです。

# 一

さて、日本老民考のトップバッターは、なんといっても竹取《たけとり》の翁です。有名な竹取の翁ともう一人の竹取の翁。二人の竹取の翁のうち、最初にご登場ねがうのは、ご存知『竹取物語』の翁、あのかぐや姫のおじいさん（お父さん？）です。

『竹取物語』は、いわずと知れた平安時代の初期（九世紀の後半）、各地に伝わる竹取翁の伝説をもとに、不詳の作者によって書かれた物語です。源氏物語の「絵合」のなかで、「物語の出来はじめの祖《おや》」と言われ、宮中の女房達が「絵は巨勢《こせ》の相覧《おうみ》、手は紀貫之書けり」などという国宝級の絵巻をひもときながら、絵合わせの場であれこれ批評を言い合って遊んでいるあのおなじみの物語です。

この翁、〈年七十に余りぬ〉と言いますから、かなりの高齢のおじいさんです。子のない老人世帯でしょうか、妻の嫗《おうな》と二人住まいで、毎日〈野山にまじりて竹を取りつつ、よろずの事に使いけり〉、竹細工などして生計をたてていました。〈さかきの造《みやつこ》〉という立派な名前を持っていますから、その昔竹細工などをお上に献上していた部の民の子孫かもしれません。

もし、なにごともなければ、山里の蔦《つた》草の生い茂る粗末な家で、貧しくとも平穏な老後を嫗とともに送って、静かな死を迎えられたにちがいありません。

ある日、〈もと光る〉一筋の竹を見つけたばっかりに、翁の人生が狂ってしまいます。不思議に思って近寄ってみると、筒のなかに三寸ばかりの美しい女の子が座っているではありませんか。「未知との遭遇」ならぬかぐや姫との出遭いです。

「朝な夕な大事に見守って来た竹が、籠《こ》ばかりでなく、子まで授けてくれたわい」など、と駄洒落を言いながら（とにかく昔の人は、駄洒落の名人ですね）、掌のうちに入れて連れて帰ります。売り物の籠《こ》に入れて、嫗に子を育てさせます。

それ以後、竹を伐りに行くと、〈金《こがね》ある竹を見つくる事かさなりぬ〉、宝くじを買うと大当たりの連続といったうまい話しです。

こんなことが続けば〈翁ようよう豊になり〉、〈いきおい猛《もう》の者〉つまり威勢のいい大金持ちになるのは当たり前です。竹を伐って細々とくらしていたおじいさんが、三か月ほどの間に、鼻息の荒い成金の猛者《もさ》に変身してしまったのです。もうばかばかしくて、竹など伐っていられません。山里の貧しい家も御殿に建てかえ、使用人も幾人か使うようなご身分になりました。いつだったか、竹藪に捨ててあった金庫のことが新聞で話題になりました。なかにはお札がざくざく、でも「竹薮の金《こがね》」などというまい話しには裏があると疑うことを知らず、あとでとんでもない目にあった人がいます。今も昔も変わらない、身寄りのない老人の悲しい風景です。もっとも「竹藪の万札」騒動のように、われもわれもと押しかける野次馬もおらず、「わしも伐ってみよう」などと出かける隣の欲張りじいさんもいなくて、第二、第三の犠牲者が防げただけでも幸いでした。

さて竹藪から拾って来た子は、三月《みつき》ばかりの間に、それはそれは美しい女性に成長します。〈かたちけうら（清らか）なる事世になく〉〈屋のうちは暗き所なく光り満ちたり〉という具合に、輝くような美しさです。

この歳になって初めて授かった一粒種ですから、もう翁は可愛くて可愛くてなりません。〈帳のうちよりも出ださず〉といった溺愛ぶりです。〈心地あしく苦しき時も、この子を見れば、苦しき事もやみぬ。腹立たしき事も慰みけり〉。もうこの子こそ生きがいそのものです。大金持ちですから、金に糸目はつけません。きらびやかに着飾らして成女のお祝いをし、一族の長老でしょうか〈三室戸斎部《みむろどのいんぶ》のあきた〉といういわくありげな人物をよんで、しなやかで光り輝く女にふさわしく〈なよ竹のかぐや姫〉と命名してもらいます。その上、その辺の男どもをみな招び集めて、三日三晩盛大な祝宴を催します。

まあ、このぐらいだったら、成金の親ばかぶりと笑っていられますが……。

そのうち、音に聞いて〈世界の男、貴なるも賎しきも、いかでこのかぐや姫を得てしがな、見てしがな〉と、家のまわりをうろつくようになります。昼はもちろん闇の夜にも出没して、垣根や家の戸に穴をくじって、「かぐや姫、かぐや姫」と呼ばい続けたので、この時から「呼ばい」つまり「夜這い」と言うようになったなんて、作者のギャグもなかなかのものです。アイドル歌手顔負けのかぐや姫フィーバーです。

そうやって家のまわりで〈夜をあかし、日をくらす……おろかなる人〉などに、かぐや姫や翁は鼻もひっかけません。男どもも、こんなところでうろうろしていても、一銭の得にもなりませんから、そのうち来なくなりました。まあ、その方が賢明だったかもしれません。

## 二

そうこうするうち、最後まで残った〈色好みといわるる〉かの五人の貴公子によって、勝ち抜きレースが始まります。

石づくりの御子、くらもちの皇子、右大臣あべのみむらじ、大納言大伴のみゆき、中納言いそのかみのまろたろ、の五人です。

竹取物語の研究者によれば、この五人の貴公子を始め、後に登場する御門《みかど》やそれなりの名をもった登場人物には、それぞれのモデルがいるそうです。

なかでも五人の貴公子は、みな藤原一族の摂関政治確立に功績のあった君臣達で、くらもちの皇子などは、藤原鎌足の子（実は天智天皇の皇子？）である不比等にまちがいないとのことです。五人の貴公子は、かぐや姫の前に手も足も出ない愚か者、失敗者として揶《や》揄《ゆ》されるのですから、竹取物語は、藤原一族によっぽどうらみつらみを抱く覆面作家による一種の政治小説なのです。

そんな余談はともかく、御子、皇子、右大臣、大納言、中納言という当代きっての権勢者達は、いずれも権力、富、男前に自信満々です。少しでも美人と聞こえる女がいると、夜這いして何番目かの妻に獲得して来た男達ですから、かぐや姫を放っておくわけがありません。

〈霜月、師走の降り凍り、水無月の照り、はたたく（雷が鳴る）にも障《さわ》らず来たり〉というほど熱心に通い来て、ラブレターを書いたり、歌を送ったりします。もっとも、さすが貴公子ですから、垣根に穴をくじって覗きこむなんて下品な真似はしません。集まって来ては、笛を吹き、歌をうたい、唱歌し、吟誦し、扇を鳴らしてうち興じているのですから、優雅なものです。

ところが、かぐや姫もなかなかの女、貴公子達に見向きもしません。彼等はついにしびれをきらして、翁を呼び、〈娘を吾に給《た》べと、ふし拝み、手をすり〉頼みます。なんだか貴公子達のごますりぶりが、目に浮かんで来ます。

当代きってのエリート達にこんな風に頼まれれば、翁も悪い気がしません。最初のうちこそ、「自分の生んだ子でないから、思い通りに行きません」などと言っていたのですが、こんないい縁談をむざむざ棒に振るのも惜しい気がします。皇子などの縁戚になれば、成金にも箔がつきます。娘をだしに使って門閥づくりに励む政治家や金持ちは、いつの世にもいるものです。

貴公子達もその辺は心得ていて、「じいさんめ、あんなこと言ったって、そのうちかならず、誰かとめあわすだろうよ」と言って通って来ます。

熱心な彼等の様子を見て、翁はとうとうかぐや姫に切り出します。

「かぐや姫や、自分の生んだ子でないお前を、こんな大きくなるまで育て上げた親の苦労は並大抵ではなかったよ。だから〈翁の申さん事は聞き給いてや〉」

つまり、親の権威や苦労を持ち出して、親の頼みを聞いてくれと、娘の説得にかかったわけです。

この後の翁とかぐや姫とのやりとりが、なかなかの面白さです。

「どんなことだって、おっしゃることはお聞きしましょう。ほんとうの親と思っているんですもの」

「うれしいことを言っておくれだね。わしも、七十歳をこえて今日とも、明日とも知れぬ身になった。この世では、男も女も結婚することになっているのだよ。それだから〈門ひろくもなり〉、家が栄えるというものだ。だから、かぐや姫よ、いつまでも夫を迎えないなんて言ってはいられないよ」

「どうして、結婚なんてしなければいけないのかしら」

「神仏から授かった子といったって、女に変わりはないのだよ。わしが生きている間はこうしてもいられようが、いなくなったらいつまでも一人というわけに行かないじゃないか。あんなに熱心に通って来る男達の申し入れに心を決めて、〈一人一人にあいたてまつり給いね〉」

「わたしなんて、ちっとも美しくないのよ。それを一時の気まぐれに、ただ熱心に通って来るというだけで、夫に選ぶなんてことできませんわ。相手のことをよく知りもしないで結婚したら、あの男達のことだもの、すぐよその女に浮気心をおこして、わたしきっと悔しい思いすると思うの。どんなに〈世のかしこき人なりとも、深き心ざしを知らでは、あいがたし〉」

どんなに高貴でお金持ちの男だって、愛情がなければ結婚できません――〈世のかしこき人〉に見染められて女房になることが女の最高の幸せ、とされていた時代に、こんな大胆な発言をするとは、かぐや姫もよっぽど芯のしっかりした女性だったのでしょうが、不詳の作者も〈世のかしこき人〉（藤原一族）によっぽど恨みを持っていたのにちがいありません。

かぐや姫にこうピシャリと拒絶されれば、娘を愛する普通の父親だったら、「お前が本気でそう考えるなら、まあ思うようにしなさい」と言うところでしょうが、翁はあきらめません。

「わしも、そう思うよ。では、どんな志しを持っている男ならいいのかね。あの男達は、みな深い愛情を持った人達だと思うのだが」

「五人の方々のお心ざしに優劣なんてつけられませんわ。わたしも深い心の底まで見せてくださいとは言いません。わたしがほしい〈ゆかしき物〉を持って来て見せてくれればいいの。そうしたらその方の愛情が一番勝っている証しと思って結婚しますわ。みなさまにそうおっしゃってください」

「〈よき事なり〉」

しめしめ、うまく行ったわい、と翁はほくそ笑みます。老親の恩と愛情、老齢の切なさに訴えた翁の老獪《ろうかい》さに、かぐや姫もしてやられたようですが……。

日暮れになると、五人の貴公子達が例のごとく集まって来て、笛を吹いたり、歌を歌ったり、扇を鳴らしたりしてうち興じているところへ、翁は出て行って得意げに告げます。

「こんなあばら屋に毎度お越しいただいて、まことに恐縮でございます」とまずは豪邸を謙遜してみせてから、「いつ死ぬとも知れぬ爺に、こんなに親切にしてくださる皆様方なんですから、かぐや姫も早く決心して結婚しなさい、と泣きを入れて口説いたのですよ。そうしたら姫は、やっと決心してくれましてな、どなたもみな劣り勝りのないご立派な方ですから、わたしの見たいものを探し出して取って来てくださった方にお仕えしましょうと言うのですよ。これなら恨みっこなしのいい方法だと思いますが、どんなもんですか」

〈よき事なり〉。自信屋の貴公子達ですから、両手を打って了解します。

喜び勇んで問題を聞きに入った翁に、かぐや姫は、とんでもない難題をつきつけます。翁は、腰を抜かさんばかりに、びっくり仰天です。

〈かたき（難き）事どもにこそあなれ。この国にある物にもあらず。かくかたき事をばい

かに申さん〉

こんな難題は、五人の男達にとても言えないよ。姫よ、もっと易しい探し物を再考してくれないか、と言わんばかりです。ところがかぐや姫は、涼しい顔をして、

〈何か、かたからん〉

ちっとも難しくなんてありませんわ、平然と答えます。

仕方なく、翁はしぶしぶと、その旨を貴公子達に告げます。

かぐや姫の難問には、さすが自信屋の男達も、がっくりです。

「家のまわりもぶらつくな、とでも言ってくれたほうが、諦めもつくのに」

などとうんざりした顔をして、帰ってしまいます。

が、やはり貴公子達、かぐや姫を諦められないようです。

## 三

誰でも知っているかぐや姫の難題とは、こういうものです。

石つくりの御子には、西域にあるという仏の御石の鉢
くらもちの皇子には、東海上のほうらい山にあるという根が銀、茎が金、実が白玉の木
右大臣あべのみむらじには、唐土《もろこし》にある火鼠の皮衣《かわぎぬ》
大納言大伴のみゆきには、龍の首に光る五色の玉
中納言いそのかみのまろたろには、燕の子安貝
どれもこれも、この世にありえない伝説上の宝物です。
かぐや姫がこんな難題を思い付くには、それなりの情報源があったようです。
竹取物語の研究者によれば、アジアの漢籍、仏典、説話、もろもろの文献に通じた不詳の作者がかぐや姫にこっそり教えてやったというのです。
南アジアから朝鮮半島にかけて各地に伝わる「竹中生誕譚」には、竹から生まれた娘が言い寄る男達にさまざまの難題を出して撃退するという話しがたくさんあるそうです。
なかでも中国四川省のアパチベット自治州に伝わる「斑竹姑娘《パヌチウクウニャン》」は、領主の息子など五人の男達に、打っても割れない金の鐘、打ってもくだけぬ玉樹、燃えない火鼠の皮衣、燕の巣のなかの金の卵、海龍の首の分水珠、といった難題を出してぎゃふんとさせ、結局は自分を竹から見つけてくれた貧しい若者と結婚するといった話しだそうです。かぐや姫の難題とそっくりではありませんか。

もっとも研究者のなかには、大正ごろからチベットに潜入した日本軍部が現地の子ども相手に語った「かぐや姫」が「斑竹姑娘」に変形したのであって、難題の元祖はかぐや姫だという説もあって、どちらが真説か珍説か、よくわかりません。

情報源や元祖はともかくとして、この難題をめぐって、貴公子達のサバイバルゲーム、早く結婚させたい翁を中にはさんで、かぐや姫と男達との知恵比べ、騙しあいが開始されます。

五人の貴公子達の手練手管は、現代の貴公子達のそれと瓜二つです。

権力をかさに着る者、武力を行使する者、謀略、話術、脅迫、ごますり、果報は寝て待つ横着者やすぐ部下の言いなりになる小心者もいます。貴公子達をとりまく人間関係も滑稽です。

ファミコンゲームに熱中するように、昔の女子供は、この下りを読んでハラハラドキドキ、抱腹絶倒したにちがいありません。

でも結局は、誰もかぐや姫にかないません。サバイバルゲームに勝ち残る者はいません。男達の企ては、ことごとく失敗し、かぐや姫にやっつけられてしまいます。

男の浅知恵、女の深知恵、『竹取物語』がいま女性解放の文学だと高くもてはやされているのも、むべなるかなです。

でも、男の立場からすると、そこまでしなくてもいいのにと思うのですが、かぐや姫のやっつけ様は、生半可なものではありません。貴公子達は恥を天下にさらしただけでなく、破産し、大病になり、行方不明になったり、死んでしまったりするのですから。

離婚したもとの奥方に〈腹を切りて（腹をかかえて）笑〉われた大納言などは、〈かぐや姫てう（という）大盗人の奴が、人を殺さんとするなりけり〉とののしります。

もっともこのいたぶり様は、かぐや姫の残酷さゆえではありません。『竹取物語』の覆面作家が藤原一族に対して、こうしてうらみつらみを晴らしているのでしょう。

貴公子達の失敗譚に、不詳の作者は、さらにギャグを連発して追い討ちをかけます。

贋ものの鉢を見破られて捨てられてしまった石つくりの御子は、〈はぢを捨つ〉（あつかましい）と笑われ、

同じく玉の枝が贋ものと露見した皇子は、〈玉さかる〉（ふぬけ）とからかわれ、

燃えないはずの皮衣が燃えてしまったあべの右大臣は、〈あへなし〉（期待はずれ）とやりこめられ、

龍の玉を南海に探しに行って難破し、杏《すもも》のような眼の玉になって逃げ帰って来た大納言は、そんな杏はた（食）べられない〈あなたへがた〉（おかしくって我慢できない）と一蹴され、

燕の子安貝のかわりに〈燕のまりおけるふる糞《くそ》〉（信州弁の「まる」が、平安時代の都言葉だなんて、うれしいですね）を握って、大屋根に吊した籠から落っこち死んでしまった中納言は、〈かひ（貝）なし〉と揶揄《やゆ》され、という具合に、ギャグの連発です。

腰の骨を折って死の床に伏せる中納言に、かぐや姫が〈とぶらいにやる歌〉

年をへて浪たちよらぬ住の江の松かひなしときくはまことか

お待ちしていましたのに、もう長いことこちらにお立ち寄りになりませんが、いかがいたしましたか。波の寄らない住の江の浜には、松も貝もないと聞きます。あなたをお待ちしていた甲斐もなく、貝を手に入れられなかったって本当でしょうか。

中納言が〈頭もたげて、人に紙を持たせて、苦しき心ちにかろうじて書〉いた歌

かひはかく有りけるものをわびはててしぬる命をすくひやはせぬ

貝はなかったけれど、あなたからお見舞いの歌をいただけるなんて、骨を折った効いはありました。でもそんなお気持ちがあるなら、なぜあなたの匙《かい》でわたしの命を掬《すく》って（救って）助けてくれないのですか。

臨終の見舞い、辞世の歌のやりとりが、貝だの、甲斐だの、効いだの、匙だの、駄洒落問答なのです。昔の人は、人生の終焉においてすら、ギャグの精神を忘れなかったのですね。

問答歌を読むと、かぐや姫の歌のしらじらしさに比べて、中納言の歌に死に行く者の真情があふれているような気がしますが、どんなものでしょう。

この歌を書き終えて、中納言は〈絶え入り給いぬ〉、亡くなってしまいます。〈これを聞きて、かぐや姫、すこしあわれと思《おぼ》しけり〉とは、かぐや姫、すこし薄情ではありませんか。

御子や皇子、右大臣、大納言に比して、一番下級の中納言に対する作者の同情心がちょっぴり示されているような場面です。

ま、そんなわけで、陰惨な怨恨政治小説を明朗な駄洒落恋愛小説に仕立てあげた作者のユーモアはなかなかのものです。

## 四

誰も勝ち残れなかった貴公子達の失敗譚のなかで、かぐや姫、翁、求婚者の三角関係が一番いきいきと描かれているのが、くらもちの皇子の物語です。『竹取物語』の研究者の間では、皇子のモデルは藤原不比等、というのが定説のようです。不比等は、大化改新の功臣、藤原氏の祖、藤原（中臣）鎌足の次男ですが、伝承によれば、天智天皇が車持氏出身の女に生ませ、母ともども鎌足に賜った天皇の皇子とも言われています。ですから、当時の人は、〈くらもち（車持）の皇子〉のモデルは誰か、すぐピンと来たそうです。

父・鎌足が、宮廷クーデターを起こして蘇我入鹿を暗殺し、中大兄（後の天智天皇）政権を作り上げた謀略家なら、子・不比等も、自分の娘二人を二代の天皇（文武・聖武）の夫人にして、二代の天皇（聖武・孝謙）の外祖父となり、他の藤原一族から藤原姓を剥奪し、時の首班（右大臣）となり、反対勢力の長屋王にも自分の娘を嫁し、息子四人に四家を創設させ（北家・良房の代になって、藤原摂関政治が確立）、病没後は太政大臣正一位を贈られた権謀術数家、宮廷官僚です。とにかく蔵には、封戸《ふこ》や功田《こうでん》から納まった財産がうなっていたそうです。〈くらもち（車持）の皇子〉とは、蔵持（金持）の皇子ということです。天皇と親戚になって藤原支配の基をつくった不比等をモデルにして、『竹取物語』の作者は、一番面白おかしい失敗譚をこさえあげたのです。

不比等だけあって皇子は、さすが策略家です。東海上のほうらい山に金・銀・白玉の木を探しに行くと言って、大勢の人に見送らせて、難波から海に漕ぎいで、三日ばかりしてこっそり戻って来ます。そして〈ひとつの宝なりける（人間国宝のような）鍛治匠六人を召しとりて〉秘密の隠れ家にこもって、玉の枝の細工物をこっそり造らせます。蔵には、金・

銀・白玉がうなっているのですから、金に糸目はつけません。

人間国宝の鍛冶匠が腕によりをかけて造った白玉の枝は、さすがに、ほんもの（？）そっくりです。皇子の策略家のゆえんは、これからです。ひそかに難波にひき帰した皇子は、「いま舟が戻ったぞ」と自邸に報らせます。人びとが迎えに行くと、皇子は、髭は伸びほうだいでやせ細り、着衣はぼろぼろ、いかにも長く苦しい航海から戻ったばかりのように〈いといたく苦しがりたるさま〉をして、舟から下りて来ました。二人の家来が仰々しく棒でかつぐ長びつを見て、人びとは「くらもちの皇子は、白玉の枝を持ち帰って来た」と、大騒ぎしました。皇子の演技力も、宣伝力もたいしたものです。計算どおり噂は宙を飛び、かぐや姫の耳に届きました。かぐや姫は、〈我は皇子に負けぬべしと、胸うちつぶれて思いけり〉がっくりと落胆しました。

間髪をいれず門をたたく皇子の迫力は、なかなかのものです。

〈旅のお姿ながらおわしたり〉難波の港からむさ苦しい旅姿のまま直行しましたと、供の者が叫べば、翁は飛んで出て行きました。

皇子は〈命をすてて、かの玉の枝持ちきたる、とく、かぐや姫に見せたてまつり給え〉命を捨てて持ち帰った玉の枝である、早くかぐや姫にお見せしなさい、と命じられて、翁、すっかり騙され、もう宙を飛ぶ心地です。〈竹取の翁はしりいりて〉かぐや姫に催促します。

「姫が頼んだほんもののほうらいの玉の枝を、旅姿のまま自宅へも寄らずに、お持ちになったのです。これ以上ああだこうだ言わず、〈はやこの皇子にあい仕うまつり給え〉」もう逃げられませんよ、すぐ結婚しなさい、という調子です。

皇子の真迫のパフォーマンスに、さすがのかぐや姫も押され放なしです。難物を持ち帰ったのですから、結婚しないわけには行かないし、でも結婚するわけに行かないし、さしものかぐや姫も困り果てて、〈物も言わで、頬杖をつきて〉嘆き続けるばかりでした。

皇子は、押せ押せです。

〈いまさえ（いまさら）何かと言うべからず〉と言いながら、もう〈縁にはい上がり給いぬ〉姫を抱こうと縁側に這い上がって来る始末です。

翁も翁で「もう今度は、断れませんよ。男前もいい人じゃないか」などと言って、早くも、〈閨《ねや》のうち、しつらいなどす〉。寝室の準備をして、何が何でも寝かせてしまおうという魂胆です。翁が気が早いのか、昔の人が大胆でおおらかだったのか、その辺はよくわかりませんが。

謀略大成功と、皇子は思ったにちがいありません。やれやれこれで、娘も諦めるだろう、わしも皇子と親戚になれて、めでたしめでたしじゃと、翁はほくそ笑んだにちがいありません。寝室の支度が整うまでの間、嘆くばかりのかぐや姫をよそに、翁と皇子は、意気投合して、気楽に雑談など始めます。

「ほんとうに珍しく、見事で、結構な枝ですね。〈いかなる所にか、この木はさぶらいけん〉」

翁の追従に、皇子は、して来たような冒険談をとくとくと語ります。

二月《きさらぎ》の十日ごろ、ほうらい山を目指して難波から船出して、風にまかせて漂い、暴風に追われて海の藻くずに消えそうになり、知らぬ国に漂着して鬼にころされようとし、無人島では草の根に飢えをまぎらわし、むくつけきものに食われようとし、貝をとって命をつなぎ、そして五百日、高くうるわしく、恐ろしげな山を見つけ、天女に教えられて登ってみれば、黄金、銀、瑠璃の水、玉の橋、金色に照り輝く木、これがかぐや姫のおっしゃった花かと枝を折り、そしてまた四百余日、追風に乗って難波の港にたどり着き、潮に濡れた衣を脱ぎもせず、こうして駆けつけて来たのです、と、たいした冒険談です。ほら吹き皇子にしては、九百余日もかくれ家に身を潜めていた執念は見上げたものです。謀略は、想像力、弁舌力だけでなく、忍耐力に裏打ちされてこそ、成就するものなのでしょう。

翁は、感激のしっぱなしです。


くれ竹のよよの竹とり野山にもさやはわびしきふしをのみ見し

ながい年、人里離れた野山で竹取をして来たわたしも、あなたのようなつらい目にあったことはありません、そんな思いをした皇子に娘は差し上げましょう。

答えて、皇子、

わが袂《たもと》けふ乾ければ侘しさのちぐさの数も忘られぬべし

姫恋しさの涙と荒海の潮に濡れた袂も、思いを遂げた喜びで乾きました、数々の苦労の辛さも、これで忘れられるでしょう、で、閨の支度はぼつぼつかな。

どうしても寝かしてしまいたい翁、寝てしまいたい皇子の問答歌は、まだ諦めきれないかぐや姫に、だめ押しの連続ツーベースヒットを飛ばしたようなものです。

どうやら寝室のベッドメーキングも整ったようで、かぐや姫、絶体絶命です。

と、その時です、〈おとこども六人つらねて庭に出できたり〉、何事かと見ると、一人の男が細い杖の先に文を捧げて、こう訴えるではありませんか。

「我々鍛治匠六人、〈五穀絶ちて、千余日に力を尽くし〉玉の枝を造るのにたいへんな苦労をしたのですが、〈しかるに禄《ろく》いまだ給わらず〉」。早く未配の給料を支給してください、弟子達に分けてやらねばなりませんので。

びっくりしたのは翁、〈この匠が申すことはなに事ぞ〉と首をひねり、皇子は皇子でとんだボロが露見に及び〈我にもあらぬ気色にて、肝消え〉そうな様子です。

かぐや姫、文をとって読んでみると、

「皇子様は、千日もわれわれ鍛治匠ともろともに、同じ所に隠れて、立派な玉を造らせ、官位までもくれると約束されたのです。玉の枝は、御内室のかぐや姫が望まれたものですから、給料はこちらのお屋敷からいただきたい」と、経営者に対する労働組合の要求書のようなものです。そして、「賃金未配は許さないぞ！　即時支給せよ！」とげんこつを振り上げて、シュプレッヒコールを始めました。

思わぬハップニングに、〈かぐや姫の、暮るるままに思いわびつる心地、わらい（笑い）さかえ〉もうニコニコ顔です。翁を呼んで、

〈まことにほうらいの木かとこそ思いつれ。かくあさましき空《そら》ごとにてありければ、はやとく返し給え〉

と言い、皇子の〈わが袂けふ〉のいい気なもんの歌へのしっぺがえしの歌まで添えて、玉の枝をつき返してしまいます。その歌

まことかと聞きて見つれば言のはを飾れる玉の枝にぞありける

もう少しでだまされるところだったわ、飾りものの玉の枝には。でも、あなたって言葉を飾りたてるお嘘つきね、じゃ、これでバイバイ。

絶体絶命の九回裏ツーアウトからのさよなら満塁逆転ホームランのようなものです。あわれなのは、皇子と翁のバッテリー、翁は〈さすがに覚えて眠りおり〉、おお嘘と分かった落胆と気まずさのあまり、寝たふりをしてしまいます。皇子は皇子で〈立つもはした、

居るもはしたにて、ゐ給えり。日の暮（れ）ぬれば、すべり出（で）給（い）ぬ〉立っても座ってもいられずそわそわしていましたが、日暮れにまぎれて、こっそり逃げ出してしまいました。

かぐや姫が匠らに〈禄いと多くとらせ〉たのは、当然です。匠らが喜んで〈帰る道にて、くらもちの皇子、血の流るるまで調（打・懲）ぜさせ給う。禄得しかいもなく、皆とり捨てさせ給いければ、逃げうせにけり〉。匠らを待ち伏せしていて、集団暴力を振るって流血の惨事をひき起こし、せっかくの金まで巻き上げてしまうのですから、謀略家とは、残酷なものです。

その皇子は、

〈一生の恥、これに過ぐるはあらじ。女を得ず成（り）ぬるのみならず、天下《あめした》の人の見思わん事の恥づかしき事〉。女にふられただけでなく、天下に恥をさらしたと言って、ただ一人深い山へ入って、行方不明になってしまいました。人びとが〈みな手を分ちて求めたてまつれど、御死にもやしたまいけん、え見つけたてまつらずなりぬ〉とは、あわれな末路です。もっとも謀略家の皇子のことですから、また千日あまりどこかに隠れていて、みそぎが済んだような顔をして、深山からひょっこり現れるかもしれません。

それはともかく、策士策に溺れるとは、皇子のことです。謀略家たるもの、想像力、弁舌、忍耐、残虐性を駆使するだけでなく金をけちるな、という教訓を、皇子は身をもって後の世に伝えています。金をたっぷりとばらまく現代の謀略家達は、『竹取物語』からよく学んだにちがいありません。

不比等をモデルにした皇子の失敗談は、一番長く、リアルに、おもしろおかしく、皮肉たっぷりに描かれています。作者の力のいれようが分かります。また翁がこれほどいきいき登場するのも、他の貴公子の失敗談にはありません。

読みようによれば、この失敗談の主役は、翁とも言えます。翁もまたなかなかのくせ者で、謀略家の皇子にコロンとだまされる人のいい年寄りではありません。策略と知ってか知らずか、皇子と絶妙なタッグチームを組み、かぐや姫に結婚を迫り、そそくさとベッドの準備などして、何が何でも寝かしてしまおうとするのですから。かぐや姫の意思など、少しもおもんばかられることはありません。美人の女を手に入れたい男、娘をめとわせて家門を拡げたい男の、つまり男どもの共同利益の上に立った謀略結婚の片棒を翁は積極的に担ごうとしているのです。〈野山にまじりて竹を取りつつ〉貧しく、ひっそり生きて来た老人も、変われば変わるものです。金の猛者になって、老齢を忘れてしまったのでしょうか。娘をだしに使って、自分の人生に一旗上げようって魂胆なのですから、困ったものです。五人の貴公子がことごとく求婚に失敗して、翁は歯ぎしりをして悔しがったにちがいありません。

五人の男と翁の失敗談は、同時に、自分で決められない愛のない結婚を断固拒否する女の物語でもあります。竹取物語が「女性解放の文学」と評価されるゆえんでしょうか。

もっとも、男どもの共同戦線に対して、女達つまりかぐや姫と媼も共同戦線を組めばよかったと思うのです。しかし、同じ女性の媼がまったく影のうすい存在感でしかないのはどうしたことでしょう。やはり昔も老齢の女は、永年連れ添った男への追従から逃れられなかったのかもしれません。もっとも『竹取物語』の不詳の作者は男性と推定されているのですから、父・娘の矛盾関係は描けても、母・娘の親愛関係は描けなかったのでしょうね。

さてさて、チベットのかぐや姫ならぬ「斑竹姑娘」は、五人の男を撃退した後、自分を竹から見つけてくれた貧しい若者と結ばれてめでたし、めでたしとあいなるのですが、こちらのかぐや姫のお話は、そんな単純明快ではありません。チベットの山村の貧しいままの若者は、日本では成金の猛烈爺さん（父さん）にすり変わっていますから、かぐや姫も困ってしまいます。かといって、このまま月の世界に帰ってしまっては、物語はコクもキレもない、いやアワもニガミもないビールのようなものです。起・承の後には転・結をもって来て盛り上げてもらわないと、「日本老民考」だってしりすぼみで、面白くも何でもありません。

で、歯ぎしりをして悔しがっていた翁の前に、五人の貴公子などと比較にならないどでっかい話しが舞い込んで来ました。

『竹取物語』は、いよいよ後段に入って行きます。

## 五

かぐや姫の世にまれな美しさ、男どもの身を滅ぼしてしまった評判は、ついに御門の耳にも届きました。御門すなわち五人の貴公子など問題にならない、この世の最高権力者の登場です。

最近の研究では、この御門のモデル探しもかなり進んでいて、女帝持統天皇を祖母に持つ珂瑠《かる》皇子、十五歳で即位、あの不比等の娘宮子を夫人にし、治世十年、二十五歳の若さで没した文武天皇というのが定説のようです。後宮制度や律令政治はこのころ確立し、後宮を通じて政治の実権は不比等が握るといった藤原支配の体制もスタートする時期ですから、最高権力者とはいっても、なんとなく悲運のイメージがつきまとう天皇です。

〈かぐや姫は、いかばかりの女ぞと、まかりて見てまいれ〉

御門は、内侍なかとみのふさこ（中臣の房子）とまた誰やらをモデルにした女官に命じます。

ふさこに竹取の家で応接したのは、媼です。ふさこの言をとりついだ媼がかぐや姫に「御門の御使いはおろそかにできないから、早く対面しなさいよ」

口をすっぱくして勧めても、かぐや姫はがんとして応じません。ふさこが、

「国王の仰せごとを聞かないとは、許せませせぬぞ」

と、聞く方が恥ずかしくなるようなヒステリックな調子で叱っても、

〈国王の仰せごとを背かば、はや殺し給いてよかし〉

さすがかぐや姫、死ぬ気で御門の命に背こうとしています。内侍も媼もお手上げです。女どうしの火花の散らしあいに出番のない翁は、かげでじりじりしながら、「困ったことを言ってくれるもんだ」「強情者で弱ったもんだ」などと、媼と同じことを考えていたにちがいありません。

藤原氏の祖である中臣姓と、不比等の子房前、摂関政治を始めた良房の名前をもじったようななかとみのふさこ女史、かぐや姫にこうもけんもほろろにされては、子どもの使いにもなりません。まるで面目まるつぶれです。御門の分身として、わが目でかぐや姫を見

ようと出かけて行ってソデにされたのですから、御門自身がコケにされたようなものです。

ふさこの報告を聞いて、御門は、

「かぐや姫って、話しには聞いてはいたが、〈多くの人殺しける心ぞかし〉。多くの男を殺してしまったような心を持った女だからな」

と、あきらめようと思うのですが、そうなれば余計あきらめられないのが、男の心情。竹取の翁を呼び出して、こう叱りつけさせました。

「かぐや姫をここへ連れてまいれ。顔かたちよしと聞いたので使いをやったが、顔を見せないとは、不謹慎であるぞ。わが勅命に背かせておいてよいものか」

翁は恐れ入って、

「うちの小娘ときたら弱ったものです。まったく宮仕えする気がないのでして、私めもてあましています」。かしこまってそう答えたものの、内心は躍り出したい気分で「帰ったら、かならず仰せのとおりにいたさせます」

これを聞いた御門も気をよくして、

〈この女もし奉りたるものならば、翁に冠を、などか賜わせざらん〉。かぐや姫を連れてまいったら、五位の位にとりたててやるぞ、と伝えさせます。

御門と翁の間を行ったり来たりして会話を取り次いだ伝奉人から、「冠を賜るぞ」と目の前にニンジンをぶらさげられて、翁、宙を飛ぶ心地です。金はうなるほどある翁が最後に手に入れたいものは、官の位です。歳はとっても、人間の欲望には際限がありません。御門もそのことをよく知っていたから、かぐや姫と引き替えに冠を約束したのでした。〈翁、喜びて、家に帰りてかぐや姫にかたらう〉のですが、冠と女の物々交換のようなこの縁談、かぐや姫がうなずくわけがありません。

「どうしても宮仕えさせたいのなら、わたし消えてしまいますわ。〈御官冠《みのかさ》(こうぶり)つこうまつりて、死ぬばかりなり〉」

お父様がそんなに位がほしのなら、冠をもらえるようにしてから、死んでしまいますわ、と死をちらつかせての最高の拒絶です。

掌中の玉に消え失せられては、元も子もありません。そんな早まったことを考えてくれるなとなだめながら、

「御門の寵愛を受けるなんて、女にとって最高の幸せなのに、死んでしまうなんて冗談言ってはいけないよ」

「嘘だと思っているの。じゃ、宮中に差し出してみたら。多くの男の心を無にしてしまったわたしが、昨日今日御門に言われて、はいはいと従えると思っているの」

最高権力者だからといって、愛のない結婚はできません。無理やり結婚させるなら、死

んでみせますわ。激しい拒絶に翁もお手上げです。〈国王の仰せごとに背かば、はや殺し給いてよかし〉という言葉は、どうやらほんものだったようです。

仕方なく翁、しぶしぶ参内して、

「〈宮仕えに出し立てば死ぬべし〉と言って、だだをこねています。私が生んだ子でなく〈昔、山にて見つけたる。かかれば、心ばせも人に似ず〉。ほんとに弱ったものです」

冷や汗をたらたら流しながら、おそるおそる申し上げました。

さあ、今度は御門の面目まるつぶれです。文武以前の、郡臣を率いて乱世を拓いて来た武門の御門でしたら、即刻父・娘とも死を賜るところですが、文学を愛する心やさしい御門は、男の意地でしょうか、かぐや姫に会ってみたい一心でしょうか、自分から出かけようと言い出しました。

「翁の家は山のふもとにあるから、〈御狩みゆきし給わんようにて、見てんや〉。狩りに行ったふりをして、かぐや姫に会ってみたいがどうじゃ」

〈いとよき事也〉。翁も大賛成です。「娘がなに気なくぼんやりしている時に、不意においでになれば、逃げも隠れもできないでしょう」

またまた、御門と翁の男どうしの共同謀議成立です。

思い立ったら吉日とばかりに、御門は早速狩りに出たふりをして、かぐや姫の家を訪ね、覗き見をしますと、〈光みちて清らにてゐたる人〉がいます。これこそかぐや姫と近寄り、〈逃げて入る袖をとらえ〉、顔を覆ってかくすかぐや姫をよくよく眺めれば、話しには聞いていたがこの世のものとも思われない美しさに御門は一目惚れです。

〈許さじとす〉

もう放すまいぞ、と袖をつかんで宮中に連れて行こうと引っぱりました。

しかしかぐや姫もさるもの、

「この国に生まれた身でしたなら、宮仕えもしましたでしょう。でもこの国のものでないわたしを無理やり連れて行くことはできませんよ」

やんわりとした、断固たる拒絶です。最高権力者の御門には、できないことなど何もありません。御輿を呼び入れて、強引に召し連れて行こうとしました。

さあ、かぐや姫にとっては、大変な難題です。

いにしえの竹取伝説は、目には目を、歯には歯を、難題には難題をです。難題の主がいかに最高権力者ではあっても、竹取伝説のなかの昔のかぐや姫なら、御門からの無理難題に対しては、五人の貴公子よりはるかに難しいウルトラ問題を出して、わたりあったでしょう。

「天竺の彼方にそびえたつというこの世で一番高く険しい山に登って、あの天上に輝く三日月のかけらを採って来てくださいな」

と、最高権力者でもできっこないそんな難問を持ち出して。

さあ、かぐや姫はどんな難題を持ち出すか、読者はどきどきして、先を待ちます。ところが、あらあら、意外や意外、〈このかぐや姫、きと影になりぬ〉。つまり透明人間になって、ぱっと御門の前から消えてなくなってしまいました。対決でなく逃避、いえいえ消避です。五人の貴公子と対決した場面とはおよそちがって、にわかにSF調の場面に切り替わってしまいました。

かぐや姫と、いえども、現世の最高権力者には遠慮があったようです。藤原一族をあんなにこっぴどくやっつけた不詳の作者の、御門に対する配慮がうかがえます。

ま、それはともかく、袖をつかまえて引き立てようとした相手がとつぜん消えてなくなってしまいましたから、今度は御門のほうがびっくりする番です。〈げにただ人にはあらざりと思いながら、

「無理に連れて行こうとしないから〈もとの御かたちとなり給いね。それを見てだに帰(り)なん〉」

そう頼まれて、もとの姿に戻ったかぐや姫を見て、御門はますます惹かれる気持をおさえかねます。そして、かぐや姫に会わせてくれた翁に礼を言いました。

この時、御門と翁は目配せをして「今日のところは、ここまで。一歩後退二歩前進ということもあるから、後日を期そう」などと示し合わせたにちがいありません。

御門にほめられて、翁は鼻高々です。御門のお供をして来た百官の人びとに、饗応の宴を盛大に催しました。山里のしがない爺さんにしては、恐れも知らぬたいそうな振る舞いです。われを忘れた翁の、自慢げな顔が浮かびます。後髪を引かれ、魂をとめおく心地で宮中へ帰る御門に追い討ちをかけるように、かぐや姫はきっぱり歌を返します。

葎《むぐら》はう下にも年はへぬる身の何かは玉のうてなをも見む

雑草の生い茂るこんな粗末な家で長年過ごして来た貧しいわたしが、なんでいまさら、ごりっぱな宮殿に暮らすことなどできましょうか。折角お出でいただきましたのに、ご縁がありませんでしたわね。

しがない竹取であることを忘れて有頂天になってしまった翁と、葎のしげる粗末な家の娘であるからと御門を拒絶するかぐや姫の心は、何と隔たってしまったのでしょう。

宮中へ戻った御門、よっぽどかぐや姫の美しさにまいってしまったのでしょう、あれほど美人と思っていた后や女御が人並みの女に見えて、この方々の許に通うのもやめてしまって、〈ただ独り住みし給〉うて、かぐや姫にせっせとラブレターを書き送ったそうです。

# 六

それから〈三年《みとせ》ばかりありて、春のはじめ〉、竹取物語は、いよいよ誰でも知っているクライマックスを迎えます。かぐや姫は、〈月のおもしろく出たるを見て、常よりも物思〉いにふけるようになりました。〈月の顔見ることは忌む（不吉な）こと〉と止められても、〈月を見ては、いみじく泣き給う〉のでした。

そのありさまを聞いた翁、

「こんな〈うましき（結構な）世〉なのに、どうして月を見てそんなに嘆き悲しむのかね」

御門の覚えめでたく、わが世の春を謳歌する翁には、さっぱり理由がわかりません。月なんぞ見るもんじゃない、と言ってみても、かぐや姫〈猶、月出づれば、出でゐつつ、嘆き思えり〉。翁、嫗、使用人も何事が起こったのか、ちっともわかりません。

八月の満月近く、かぐや姫は、月を見ては〈人目も、いまは、つつみ給わず泣き給〉うありさまです。尋常でない様子に、

〈なに事ぞ〉

翁、嫗がうろたえ、騒いで問えば、かぐや姫〈泣く泣く言う〉ことには、「いつか申そうと思い迷っていたのですが、お話しいたしましょう。〈おのが身はこの国の人にもあらず。月の都の人なり〉。前世の約束があって、この国に参っていたのですが、〈いまは帰るべきになりにければ、この月の十五日に、かのもとの国より、迎えに人々もうで来んず〉。それを思うと、悲しくて悲しくて、〈この春より、思い嘆〉いていたのです」

天から、いや月から降って湧いたようなとんでもない告白に、翁はびっくり仰天します。「なんてことを言うのだ。竹のなかより見つけた時には、〈菜種の大きさおわせしを、わが丈たち竝《なら》ぶまで養いたてまつりたる我子を、なん人か迎えきこえん。まさに許さんや〉誰が迎えに来たって、ぜったい許さないぞ。月の世界へ帰るというなら、〈われこそ死なめ〉と翁は泣きわめきます。

思いがけなく高齢になって授けられた一人娘と、その娘によってもたらされた夢のような栄華が、掌のうちからポロリとこぼれ落ちようとしているのですから、翁の動揺と怒りは推してあまりあります。〈泣きののしること、いと堪えがたげ也〉。ショックのあまり、まるで翁は聞分けのない幼児に戻ってしまったようです。

得意の絶頂から転げ落ちようとする翁の狂乱ぶりに、かぐや姫の心は、月の都の父母とこの国の育ての親との間を切なく揺れ動きます。

「月の世界に帰るなんて、ちっとも嬉しくありません。ただただ〈悲しくのみある〉のです。〈されどおのが心ならず、まかりなんとす〉」

帰りたくなくても、自分の意思ではどうしようもないのです。かぐや姫も、翁、嫗も、この家に使われている人々も、ともに湯水も喉に通らないほどに泣き嘆きました。

泣きながらも、翁は、かぐや姫をぜったい月の世界に連れて行かせるものか、この国の最高権力者の御門なら、きっと何とかしてくれるだろうと考え、報せたにちがいありません。

御門は早速、使いを竹取の家に遣わしました。使いの前で、泣き嘆くばかりの翁、〈髭も白く、腰もかがまり、目もただれ〉、使いの目には〈今年五十ばかりなりけれども……かた時になん老になりにけると見ゆ〉といったありさまです。

〈年七十に余りぬ〉という翁が〈今年五十ばかりなり〉とは、いささかツジツマが合いませんが、人生の絶頂を極めた翁は、栄養状態もよく、着るものも派手になって若づくり、まるで人々には五十歳ちょっとの年寄りに見えていたにちがいありません。ちょっとの間に醜い老人に変身してしまった翁が、白い髭を振り乱し、かがまった腰をなお折り曲げ、ただれた目をひんむいて、御門の使いに頼むのでした。

〈この十五日になん、月の都より、かぐや姫の迎えにもうで来なる。……人々賜りて、月

の都の人もうで来ば捕らえさせん〉

十五夜には御門の兵を派遣していただいて、月の都の人をことごとく捕まえてくださりませんか。使いから〈翁の有様〉〈奏しつる事ども〉きこしめして、さすがこの国の最高権力者、もうすっかりやる気まんまんです。

月の都の王とこの国の王との激突の時刻、エイリアンと人類との対決の場面が刻々と迫って来ました。さあ、もう、はらはらどきどきです。

そして、ついに、かの八月十五日。

御門は〈司々《つかさつかさ》に仰せて〉――政治家の大好きな「司々」が竹取物語の時代から人を動かす手法として用いられているとは知りませんでした――〈勅使少将高野のおおくに〉という名前の、いわくありげな、いかにも強そうな少将を大将に指名して〈六衛の司あわせて二千人の人を、竹取が家に遣わす〉というから、たいそうな兵力です。

そして二千人を二手に分け、翁の家の〈築地の上に千人、屋の上に千人、家の人々いと多かりけるに合わせて、空ける隙もなく守らす〉のですから、もう、蟻の這い入る隙間もありません。〈この守る人々も弓矢を帯して〉、さあ、矢でも鉄砲でも持って来いと気勢を挙げます。

それにしても、築地の上に千人、屋根の上に千人の大兵力を乗っけてびくともしない邸宅の豪壮さといい、使用人の多さといい、改めて翁の大富豪ぶりに驚かされます。

母屋のうちには、女達を守りにつかせ、嫗は〈塗籠《ぬりごめ》（土蔵のように壁を塗りこめた一室）の内に、かぐや姫を抱かえており〉、翁は翁で塗籠の戸に錠を下ろして、戸口に座って番をしています。

これだけ厳重に守っていれば、万全です。翁は自信満々、〈かばかり守る所に、天の人にも負けんや〉と言い、屋根の上の兵士達に向かって〈つゆも、物空にかけらば、ふと射殺し給え〉などと、大将にでもなった気分で命令する始末です。兵士達も、もうお祭り気分になって〈かばかりして守る所に、はり（蝙蝠《かわはり》）一つだにあれば、まず射殺して、外にさら（さ）ん〉と、月の人をまるで蝙蝠扱いです。

このやりとりを聞いて、かぐや姫、

「どんなに固く守っても、月の国の人には勝てませんよ。〈あの国の人を……弓矢して射られじ。かくさし籠めてありとも、かの国の人来ば、みな開きなんとす。あい戦かわんとすとも、かの国の人来なば、猛き心つかう人も、よもあらじ〉」

かぐや姫にそう説かれて、翁、腹立ちのあまりわめきたてます。

「弓矢も、錠も、兵も役にたたなくたって、わし一人でも戦うぞ。〈御迎えに来ん人をば、長き爪して、眼をつかみ潰さん。さが髪をとりて、かなぐり落とさん。さが尻をかき出でて、ここらの公人《おおやけ》に見せて、恥を見せん〉」

年老いたわが身には、長い爪をした素手しかないが、
その爪で、眼をつかみ潰してくれるぞ！

髪をつかんで、かなぐり落としてやるぞ！

尻を丸出しにして、見せ物にさらし、恥をかかせてくれるぞ！

われを忘れてしまった翁の、すさまじく下品な、でも、もの悲しい絶叫ではありませんか。〈声高に、なのたまいそ〉。かぐや姫は翁をたしなめます〈屋の上におる人どもの聞くに、いとまさなし〉

屋根の上にいる兵達に聞かれたら、みっともないじゃありませんか。かぐや姫には、翁と別れることよりも、翁の狂乱ぶりを見る方がつらかったにちがいありません。そして切々と翁に語りかけるその訴えが、胸を揺すります。

「わたしだって、今まで育てていただいたご恩を忘れて帰ってしまうなんて、ほんとうに口惜しく、悲しいのです。年老いた父母の老後のお世話もしないで帰って行く道が、心安らかであるはずがありません。せめてもう一年、親元に置いてほしいと月に暇《いとま》をこうたのです。でも許してもらえずに、それで思い嘆いていたのです。父母の〈み心をのみ惑わして去りなんことの、悲しく耐えがたく侍る也〉」

静かに老い行くことを拒否して栄光を逃すまいと醜態をさらす翁を諭すように、かぐや姫はさらに語り継ぎます。

〈かの都の人は、いとけうら（清ら）に、老いをせずなん。思う事もなく侍る也。さる所へ罷《まか》らんずるも、いみじくも侍らず〉。月の都の人は、年老いることもなく、いつまでも若く清らかで、思い悩むこともありません。でも、でも、そんなところへ帰るなんて、ちっともうれしくありません。

月の都は、老いも死もない世界、老いや死を思い悩む必要もない世界、この国の人が追い求めて来た理想境です。でも月の世の不老不死の生が、ほんとうに幸せなのでしょうか。老い衰え、やがて誰でも必ず死を迎えるこの世にこそ、わたしは住み続けていたいのです。そして翁、嫗の〈老い衰え給えるさまを見たてまつらざらんこそ、恋しからめ〉。老い衰え、死んで行く父母を最後までお世話し、看取りたいのです。

どうです、かぐや姫、なかなか立派にできた女性ではありませんか。「不老不死」のくだり、生命倫理を論ずる先生方に一考してもらいたいぐらいです。

それにくらべて、翁のみっともないこと、かぐや姫にこう諭されても、〈胸痛き事、なしたまいそ。うるわしき姿したる使にも障らじ、とねたみおり〉。胸の痛むようなことを言うな、どんな立派な使いが月から来ても、追い返してくれるぞ、と憎々しげにわめいています。

〈かかる程に、宵うち過ぎて、子《ね》の時（夜十二時）ばかり〉になりました。〈家のあたり昼の明さにも過ぎて光りわたり〉、その明るさといったら〈望月の明さを十あわせたるばかりにて〉そこにいる〈人の毛の穴さえ見ゆるほど〉の、妙にリアルな明るさのなか、いよいよエイリアンのご登場です。

〈大空より人、雲に乗りて下り来て、土より五尺ばかり上がりたる程に、立ち列ねたり〉と、古代の宇宙には、まだＵＦＯはないらしく、雲に乗って舞い下りて来ました。

かぐや姫の予言どおり、内外を守る兵達〈物におそわるるようにて、あい戦わん心もなかりけり〉。戦意喪失のていたらくです。なかに勇ましい兵がいて、〈弓矢をとり立てんとすれども、手に力もなくなり、萎えかかりたり〉。もっと勇ましい兵がいて〈念じて射んとすれども、外ざまへ行きければ、あれ（荒れ）も戦わで、心地ただ痴《し》れに痴《し》れて、まもり（見守り）合えり〉。射った矢も外れて、ただもうぼやーとつっ立って見ているばかりです。が、翁だけは、〈猛く思いつる〉。闘争心を失っていませんからなかなかたいしたものです。

地上五尺ばかりのところに宙ぶらりんに〈立てる人どもは、装束清らなること、物にも似ず〉。この世にない美しさです。かぐや姫を乗せて帰るつもりでしょうか、〈飛車《とびぐるま》〉も用意されています。〈羅蓋《らがい》（大きな傘）さしたり。その中に王とおぼしき人〉が立っています。

〈宮つこまろ、もうで来《こ》〉。王に呼ばれたとたん、闘争心も失せ、〈物に酔いたる心地して、うつ伏しに伏せ〉た翁にむかって、月の王はこう宣告します。

「汝、翁は、〈いささかなる功徳……をつくりけるによりて、汝が助けにとて、かた時のほどとて（かぐや姫を）下ししを、そこらの年頃、そこらの金《こがね》給いて、身をかえたるがごと成にたり〉。功徳をなした汝なのに、長年の間に大金持ちになって、別人のようにふるまうようになってしまうとは、何ごとであるか。〈かぐや姫は、罪をつくり給えりければ、かく賤しきおのがもとに、しばしおはしつる也。罪の限り果ぬればかく迎うるを、翁は泣き嘆く、能《あた》わぬ事也。（かぐや姫を）はや出したてまつれ〉」

翁よ、泣きわめいても無駄である、かぐや姫をはやく出しなさい、なんて言ったって、月の王の言い分、ちょっと勝手というほかありません。月の都でかぐや姫がどんな犯罪を犯そうと、この世の山村にひっそりと住まう翁には、なんの関係もないことです。ところが、姫の流刑地を物色中、たまたま竹取の翁が月の王の目に止まってしまったのです。不運というしかありません。〈いささかなる功徳〉をなした翁の助けに、一時姫を預けるなどというのは、月の王の気紛れのようなものです。

浦島太郎だったら、亀を助けた功徳によって、〈かた時のほど〉竜宮場で歓待を受けるのですが〈もっとも地上に戻った太郎、禁断の玉手箱を開けたばっかりに〈あまたの年を

〈ぬる〉老人に変身してしまったのも、乙姫様の気紛れの結果と言えないこともありません)、竹取の翁の場合には、狩人に射られた鶴を助けたとか、行き倒れになった旅の僧に食を恵んだというような功徳ではなさそうです。

月の王の目に止まった〈いささかなる功徳〉とは、多分〈野山にまじりて竹を取りつつ、よろずの事に使いけり〉という翁の生活そのものだったにちがいありません。年老いた身にもかかわらず、雨の日も風の日も毎日野山に分け入って竹を取り、嫗とともに雑草の生い茂る小さな家にひっそり貧しく暮らしてきたこと、つまり、山里の年寄り夫婦にとってごく当たり前の、それなりに幸せな生活が、老死も悩みもない月の国の人びとには、〈功徳〉に見えたのでしょう。月の王には、汗を流し、骨を折って働くなどという行為は、想像を絶する苦役や不幸に思え、それに耐える生活こそ、〈功徳〉なのです。

この世のささやかな幸福があの世では不幸、この世の当たり前の労働があの世では〈功徳〉に逆転してしまいます。幸福も不幸も、紙一重です。

で、年老いた身に、いかに労働がきつそうでも、いかに暮らしぶりが貧しそうでも、〈助け〉などしてくれなくてよかったのです。

だから、〈汝が助けにとて〉、汝の不幸を救おうと、姫とともにあまたの金を授けたのに、何たることか、〈身をかえたるがごと成りにたり〉とは、と月の王も勝手なことを言ってくれるものです。

そっとして置いてくれたなら、竹取の翁、人間の本性すなわち、生命の自然の原理にしたがって、枯れ木が朽ち倒れるように、静かに年老い、ひっそりと死んで行くことができたでしょう。

それなのに、月の王、もうひとつの人間の本性に火をつけ、老人の金銭欲、物欲、権力欲、名誉欲、不老欲を煽り立て、〈いきおい猛の者〉にしておいて、〈身をかえたるがごと何ごとか、と叱り飛ばし、追い討ちをかけて〈かぐや姫を月の宮に連れ帰っても〉翁は泣き嘆く、能わぬ事〉とは、なんて勝手な言い分でしょう。ついつい、翁に同情したくなります。

このあたり、どこかの先進国の、途上国に対する「援助」の論理と似ています。

絶望的な翁、それでも最後の抵抗を試みます。「かぐや姫を二十年も育てて来たのに、〈かた時〉というのは、おかしいじゃないか。〈異所《こと》に、かぐや姫と申す人ぞおわすらん〉。ぜったいに人違いですぞ」

〈ここにおわするかぐや姫は、重き病をし給えば、え出でおわしますまじ〉。重病で外へ出て行くことはできませんぞ。

そんな異論も虚言も、月の王はお見通しです。〈その返事はなく〉、翁はもう、相手にしてもらえません。

月の王、屋根の上に〈飛車〉を寄せて、かぐや姫に直接語りかけます。〈いざ、かぐや姫。穢《きたな》き所にいかでか久しくおわせん〉。こんなきたない人間の世界にいつまでもいないで、早く出て来なさい。

と、不思議や不思議、錠をかけた戸も格子もひとりでに開いて、嫗がしっかり抱き掴まえていたかぐや姫、腕のなかからするりと抜け、外へ出て行くのを誰も止めることはできません。嫗は〈ただ さし仰ぎて泣き〉、翁は〈心惑いて泣き伏せる〉ばかりです。

かぐや姫は、翁のところへ寄って〈心にもあらでかく罷《まか》るに、昇らんをだに見おくり給え〉。帰りたくもない月の世界へ旅立つわたしを、せめて見送ってください、と頼むのに、翁は、

「悲しい思いをして、見送るなんていやなこった。それよりも〈我をいかにせよとて、捨てては昇り給うぞ。具して出でおわせね〉」

わしを捨てて帰るなら、いっそのこと連れていってくれ。翁は、泣いて訴えます。かぐや姫も、彼女の出現によってもたらされたすべての富、権力、名誉、若返りも、バブルのように消えてなくなってしまうこの世に、翁は生きる気もありません。

そう泣いてとりすがられれば、かぐや姫、〈心惑い〉、困ってしまいます。

〈文を書おきてまからん。恋しからんおりおり、とり出でて見給え〉と言って〈うち泣きて書く言葉〉は、翁嫗への愛情、別れの呵責、苦悩、悲嘆にあふれています。

この国に生まれましたならば、いつまでもお傍にいて、こんなに悲しませはいたしませんのに、過ぎ別れてしまうこと、かえすがえすわたしの本心ではありません。〈脱ぎおく衣を形見と見給え。月の出でたらん夜は、見おこせ給え。見捨てたてまつりてまかる、空よりも落ちぬべき心地する〉

思い悩むこともない月の世に、帰りたくない。それよりも、悩み、苦しみの多いこの世の人でいたい。老父母につかえて、老いと死を看取ってあげたい。やがてわたしも、いつまでも若く輝く娘でなく、おばさん、おばあさんになり、死を迎えたい。月へ帰る飛車から落っこちて、この世に戻って来たい。

かぐや姫の真情は、月の人にはまったく理解できません。天人に持たせた箱から、天の羽衣と不死薬入りの壺を取り出して、ひとりの天人が急き立てます。〈壺なる御薬たてまつれ。穢き所の物きこしめしたれば、御心地悪しからん物ぞ〉きたない人間の食べ物など、さぞ気持ち悪かったでしょう、早く解毒剤を飲みなさいとは、天人さん、ちょっとひどいじゃありませんか。

でも、かぐや姫、もう言いなりになるしかありません。

薬をひとなめし、〈すこし形見とて、脱ぎおく衣に（薬を）包まんとすれば……天人包ませず〉。天人なんて無情な人だと言いたいところですが、翁嫗、薬をなめて、いつまでも不死というわけに行きませんから、まあ妥当な線でしょう。

天人、〈御衣《みそ》（羽衣）をとり出でて着せんとす。その時にかぐや姫、しばし待て、と言う〉。
最後の最後の抵抗です。
〈衣《きぬ》着せつる人は、心異になるという。物一こと言いおくべき事ありけり〉

羽衣を着てしまったら、もうおしまい、この世のことはみんな忘れてしまうから、その前にひとこと書かせて、と文をしたため始めます。

発車の時刻は迫っています。天人、気がきじゃありません。〈おそしと心もとながり給う天人に、かぐや姫、〈もの知らぬこと、なの給いそ〉。わからず屋のようなこと、お言いじゃないよ、と言って、〈いみじく静かに……あわてぬさま〉にて、御門への惜別の辞を書き綴ります。

たくさんの人をお遣わしになって、わたしを止めようとなさいましたが、帰ってしまわなければならないこと、〈くちおしく悲しき事〉です。宮仕えしませんでしたのも、〈かくわずらわしき身〉ゆえです。強情で無礼な女とお思いでしょう。そのことが心のこりです。

かぐや姫、役者が一枚上です。こんな〈御文〉を残せば、御門の面子もたつでしょう、翁に罰も賜らないでしょう。が、本心はどうなのでしょうか。

文末の歌、

今はとて天の羽衣きるおりぞ君をあわれと思いいでける

わたしにふられ去られるあなたって、ほんとにあわれねぇ、バイバイ

文と歌に壺の不死薬をそえて、御門に渡してほしいと、かぐや姫は、〈頭中将《とうの》〉を呼び寄せます。これらの品々を天人、手に取って、中将に渡します。

でも、天人さん、ちょっと待ってくださいよ。翁にプレゼントすることを拒否した不死薬、御門へは許すなんて、どういうわけでしょう。天界の人って威張たって、ぞんがいわれわれ下界の人間と同じ差別心の持ち主なんですね。まあ、この辺の文脈、天人の責任というより、『竹取物語』の不詳の作者の文責としておきましょう。

もう、発車のベルが鳴りやみました。天人すかさず〈天の羽衣うち着せたてまつれば、〈かぐや姫〉翁をいとおしく、かなしと思しつる事も失せぬ〉。もちろん嫗をいとおしく、かなしと思う心も失くしてしまったでしょう。

飛車発車です。簾をあげて、ハンカチぐらい振ってくれればいいんですが、かぐや姫、〈物思いなく成りにければ、車に乗りて、百人ばかり天人具して、昇りぬ〉

簡潔にして、あっけない幕切れです。

# 七

その後、
〈翁、女、血の涙を流して惑えど、かいなし〉。かぐや姫の書き置いていった文を読み聞かせてやっても、〈なにせんにか命もおしからん。たが為にか。何事も用なし〉。何のために、誰のために生きて行かなきゃならないのだ、かぐや姫がいなくなれば、生きていたって無駄だわい、と言って、〈薬も食わず、やがて起きもあがらで、病み臥《ふ》せり〉
かぐや姫と栄華をすべて失って血涙を流し、起きる気力もなくなり、訪れる人もなく葎《むぐら》這う巨大な廃墟と化した豪荘に、翁媼が寝たきりになって病み臥せる光景は、鬼気迫るものがあります。
それは、善良で働き者の竹取の翁が、月の王の気紛れとは言え、〈もと光る竹〉を見つけたばっかりに、狂ってしまった人生の終末、絶頂の後の奈落、あわれで残酷な翁媼の死を予感させます。『竹取物語』の作者は、何の同情心もなく、冷静に簡潔に、この光景を描き終えて、以後、翁嫗に触れることはありません。

これで、「竹取の翁の物語」は終了しますが、不詳の作者は、まだ「ＴＨＥ　ＥＮＤ」の幕を下ろすことができません。なぜって、御門に遺されたかぐや姫の文と不死薬の壺をどうにかしなければならないからです。

中将から〈かぐや姫を、え戦い止めず成りぬる事、こまごまと〉報告を受けた御門、面目を潰されて怒るよりも、〈御文……ひろげ御覧じて、いといたくあわれがらせ給いて、物もきこしめさず、御遊びなどもなかりけり〉。食も喉を通らず、宮中の管弦の遊びもせず、悲しがって日々を過ごします。〈起きもあがらず、病み臥せる〉翁といくらもちがわない人間像です。

しかし、そこはしがない竹取のじいさんとちがって現世の最高権力者、いつまでもうじうじと、〈物もきこしめ〉さないわけにはゆきません。考えてみれば、かぐや姫、やっかいなものを置いていってくれたものです。〈御文〉はまだしも、〈不死の薬〉なんてどうしようもありません。御門に飲ませて、永世の御門にたてまつるわけにも行きません。どう処分したらいいんでしょう。

で、不詳の作者はうまいアイデアを思いつきました。

大臣などを召して〈いづれの山か天に近き〉と御門が問うと、ある人答えて、〈駿河の国にあるなる山なん、この都も近く、天も近く侍る〉

日本一高い山は、民草を見下ろす最高権力者にふさわしい場所ですし、天に直近の地点でもあります。その頂きで、文と薬を焼き捨てれば、月の王に負けない現世の王の権威を天にも地にも示すことができます。また御門らしくもない一人の男として、立ち上ぼる煙に託して、かぐや姫に忘られぬ想いを伝えることもできるでしょう。これで、万事めでたく解決です。

忘られぬ想いの歌、

逢うことも涙にうかぶ我身には死なぬくすりも何にかはせん

もうあなたに逢えないのですから、用もない不死の薬、お返ししますよ。

御門は、〈つきのいわかさ〉という名の、なにやらいわくありげな人物を勅使に召して、駿河の国にある名もない高い山の頂きで、〈御文、不死の薬の壺ならべて、火をつけて燃やす〉ように命じました。

命を受け、勅使いわかさ、〈つわものどもあまた具して山へ登り〉、文と薬壺を燃やしました。

それ以来、士《つわもの》あまた〈豊富に〉登って、不死の薬を焼いた山は、〈ふじの山〉と呼ばれるようになりました。御門の権威も無事保たれて、めでたしめでたし、ほんとうに「ふじの山」です。

〈その煙、いまだ雲のなかへたち上る〉と、言い伝えられています。

＊　＊　＊

『竹取物語』は、〈いまは昔、竹取の翁というもの有りけり〉で始まり、〈不死の薬〉を富士山頂で燃やし、〈その煙、いまだ雲のなかへたち上る〉情景で終わるように、老いと死を大事なテーマのひとつにすえた物語です。

『竹取物語』は、不詳の作者が各地に伝わる竹取伝説を借りて創作した、当時の現代文学です。「今昔物語」から「鼻」「芋粥」などの短編を創作した芥川龍之介は、その発想を真似たのでしょう。

『竹取物語』に不詳の作者が秘めたほんとうの目的は、自分の一族をひどい目にあわせた時の支配者・藤原一族とその政治をやっつけることだと推測されます。『竹取物語』は、ですから、一種の世評小説、政治小説といえます。

しかし『竹取物語』が「物語の出で来はじめの祖《おや》」として、平安時代はもとより十数世紀をへた今日まで書き継がれ、読み継がれ、生き永らえて来たのは、たんなる政治小説でなく時代を越えた人間そのものが描かれているからです。

人間そのもの、それは、ひとつには生命の誕生と死であり、もうひとつには男女の愛です。『竹取物語』は、タテ糸に、かぐや姫に象徴される生命の誕生、成長、若さ、美しさと、翁に象徴される老い、欲深さ、醜さ、死を、そしてヨコ糸に、男の愛欲や身勝手さ、女の弱さ、強さ、権力者の権勢や愚かさの錦糸を配して織りなした絵物語です。

老いも死も思い悩むこともない月の国から、〈かた時のほどとて〉この国に下されたかぐや姫は、〈あまたの年をへぬる〉うちに、人間の娘そのものに生まれ変わったと言えます。生まれ変わったかぐや姫は、再びこの世の人でなくなることを拒否し、だから羽衣を着せられ、この世の一切、人間的感情のすべてを忘失して、無表情に昇天して行ったのでした。

それにひきかえ、山里の粗末な家で静かな老いと死を迎えられるはずだった翁は、思いがけない致富によって、欲望の権化に化し、〈いきおい猛の者〉になり、かぐや姫と栄華のすべてを喪失した結果、静かな老いや死とはおよそ正反対の、あわれで残酷な老いと鬼気迫る死を迎えなければなりませんでした。

『竹取物語』は、人間の世には不老も不死もないこと、老いと死にとって、富も名声も権勢も、子との縁すらも不要なこと、を教えています。

老いと死を間近にして、何が幸せなのか、それは、「竹取物語」のビデオを逆にまわしてみれば分かります。

一生を通じて築き上げて来た富、名声、地位など、しがらみの十二単衣を一枚、一枚脱ぎ捨て、わが子の縁すら離れて、生まれたままの裸に還り、〈野山にまじりて竹を取りつつ、よろづの事に使〉って生きる、自然のなかで、労働しつつ、創造しつつ、静かに、清貧に老いる、それが人生の終《つ》いの幸せなのだ、と竹取の翁は語りかけているようです。


＊　次の本を参考にさせていただきました。

『観賞日本古典文学　第6巻』三谷栄一編　角川書店

『新装版　図説日本の古典⑤』集英社

『かぐや姫の光と影』梅山秀幸　人文書院

『かぐや姫の反逆』長塚杏子　三一書房

『竹取・伊勢物語の世界』田中元　吉川弘文館

『竹の民俗誌』沖浦和光　岩波新書



※本編は、ワープロ個人文芸誌『枯々草』（手塚英男著・編・刊）第一号（92年4月刊）に掲載されたものです。

# その二　万葉集巻十六の竹取翁

※『新潮日本古典集成　万葉集四』（青木生子　井手至　伊藤博　清水克彦　橋本四郎校注）を底本にしました。文中の〈……〉は同書からの引用で、現代かなづかいに改めたものです。

さて、もう一人の竹取の翁。

日本の歴史上、かぐや姫のおじいさんと並んで、もう一人の竹取の翁は、万葉集巻十六に登場する「竹取の翁」です。この翁、文字で記された日本の文献史上初めて登場する竹取の翁ですから、かぐや姫のおじいさんより、はるかに先輩の竹取の翁です。

もっとも彼は、万葉集巻十六に突然登場するわけではありません。

この巻は、「由縁ある歌と雑歌」と題されていて、なにやら、いわくありげな物語と歌謡から成り立っています。もともと民間で、語られ歌われ、伝えられて来た物語や歌謡の類を、万葉集の編者が収録し、整理して編んだ巻です。

ですから、ここに登場する竹取の翁も、当時の人々の間でひろく知られ、親しまれた人物であったはずです。

これから紹介する物語——春三月の丘の上で、竹取の翁と九人の女子《おみな》がにぎやかにたわむれ、長歌・短歌を交じわしあう歌垣の場面は、きっと村の祭りか祝いか何かおめでたい集会の折りに、村の男や女たちが人々の前で演じて楽しんだものにちがいありません。

読者のあなたも、万葉の時代の村祭りの観客の一人になって、この物語をお楽しみください。

〈むかし、老翁《おきな》あり。号《まづ》けて竹取の翁といふ〉

さあ、物語が始まります。

この翁、竹の子の育ち具合でも見に来たのか、下心があってやって来たのか、〈季春の月に、丘に登りて遠く望む〉。春三月、丘の眺めは最高です。

〈たちまちに、羹《あつもの》を煮る九人《ここのたり》の女子《をみな》に値《あ》ひぬ〉。着飾った一チームの娘たちが、春の野で摘み草を煮て、野外パーティを催しているなんて、まさに一幅の絵です。

〈百矯は儔《なら》びなく、花容は匹《たぐ》ひなし〉。もう、とびきりの美人ぞろいですから、竹取の翁、ついつい鼻の下が長くなって、近寄って行くのもやむをえません。まさか羹《あつもの》にこりることになろうとは、ちっとも思っていません。

〈時に、娘子《をとめ》ら、老翁を呼び、嗤《わら》ひて曰《い》はく、「叔父来れ。この燭火《ひ》を吹け」といふ〉。

翁を見つけた娘子ら、笑顔をふりまいて、「おじさん、こっちへおいでよ。この火を吹いてくれない」と声をかけます。

〈ここに、翁、「唯々《をを》」といひて、やくやくにおもぶきおもふるに行きて、座の上に着接《つ》きぬ〉。

翁、もう一も二もありません。もったいぶって歩み寄り、煙にむせて火を吹くどころか、火の前にどっかり座を占め、野外パーティの主賓気取りです。

これには、娘子ら、あきれたようです。〈娘子ら皆ともに咲《ゑみ》を含み、相推譲《せ》めて曰はく、「誰れかこの翁を呼びつる」〉

お互いに、花の咲きこぼれたような笑みを浮かべてつつきあい、「このじいさんを呼んだの、いったい誰なの」「私じゃないわ。あなたなの」と、口々に言いあいます。「叔父さん」と呼んでいたのに、もう「翁《じいさん》」扱いです。

さすがに、じいさん、困ってしまいます。

〈竹取の翁謝《かしこ》まりて曰はく、「非慮《おもはざ》る外に、たまさかに神仙に逢ひぬ。迷惑《まど》ふ心、あへて禁《さ》ふるところなし。近づき狎《な》れぬる罪は、こひねがはくは、贖《あか》ふに歌をもちてせむ」といふ〉

すまんすまん、思いがけなく仙女のように美しい娘さんに出逢ったので、ついふらふらと、なれなれしく、近づいてしまったわい。お詫びのしるしに、歌でも歌うから許してくれまいか。歌で詫びを入れるというあたりが、いかにも万葉の時代ですが、翁、歌にはよっぽど自信がありそうです。

万葉集では、この後に〈すなはち作る歌一首　并《あは》せて短歌〉と記されますが、万葉の時代の田舎芝居では、翁すっくと起って、長歌を一曲舞ったにちがいありません。

ようっ、待ってました！

竹取屋ぁ！

大向こうから、声がかかりそうです。

みどり子の　若子髪《わかご》には
　たらちし　母に抱《むだ》かえ
褨繦《ひむつき》の　稚児が髪には
　木綿《ゆふ》肩衣《かたぎぬ》　純裏《ひつら》に縫ひ着
頚《うな》つきの　童髪《わらはかみ》には
　結ひはたの　袖つけ衣《ごろも》　着し我れを

原典を詩のように分かち書きしてみました。声に出して読んでみると、万葉集の言葉のひびきが、心地よく、胸にしみ入って来ます。なんとなく、意味も通じますから、よくしたものです。

いまは、こんな白髪頭の、むさくるしいじじいだけれど、わしにだって、髪をうなじに垂らし、かわいらしい衣で装った子どもの頃があったのだぞよ、というわけです。

村芝居の竹取の翁、多分、おおげさな身振り手振りで、「頚つきの童髪」して、童になった証しにしぼり染めの「袖つけ衣」を着せてもらっておお威張りの、村の童を演じたのでしょう。

万葉集は、漢字の文学ですから、原文は、

緑子之　若子蚊見庭
垂乳為　母所懐　（『日本古典文学大系　万葉集四』岩波書店）

てな具合です。

万葉漢字は、音読み・訓読み・漢文読み・当て字読み自由自在ですから、後の世の研究者、文学者によって、どんな読みも可能です。

早い話、柿本人麻呂のあの余りにも有名な歌、

東《ひんがし》の野に炎《かぎろひ》の立つ見へて
反見《かへりみ》すれば月傾《かたぶ》きぬ

の原文は、こうです。

東野炎立所見而反見為者月西渡

たった十四文字、万葉集のなかでも、もっとも字数のすくない歌のひとつです。

単純に、このまま読み下すと、

東野《ひがしの》に炎《ほのお》の立てる所見て
反り見すれば月西渡《にしわた》る

こう読んでしまうと、軽皇子《かるのみこ》（後の文武天皇）に随行して安騎野《あきの》を訪ねた人麻呂が、荘厳な暁の情景を見て詠んだこの歌も、なんだか「月は東に、日は西に」式のつまらない歌になってしまうとは、はるか昔、高校の国語の授業で習ったことです。

万葉歌中の万葉歌であるこの歌は、やっぱり、「ひむがしのの」であり、「かぎろひ」であり、「月かたぶきぬ」でなければなりません。原文にこうした読みを与えて、万葉秀歌に仕上げた（実際に万葉秀歌なのですが）加茂真淵は、さすが、といわざるをえません。

もっとも古代朝鮮語で原文を読み解くと、まったく違う歌になる、と異を唱えたのが、例の『人麻呂の暗号』（藤村由加著　新潮社）で、「炎」とは、軽皇子の父親、若くして病死し天皇になりそこねた悲劇の人、草壁皇子の「亡霊」とのことです。以下詳しくは、同書や類書をお読みください。まあ、これだから万葉集はおもしろい、と言えましょうか。

ところで、何の話をしていましたっけ。そうそう、竹取の翁でした。

で、「わかごかみには」の原文「若子蚊見庭」は、まるでワープロの間違った漢字変換を見ているようです。若い子どもが、庭でぶんぶん飛んでる蚊を見ている、万葉の時代には、さぞかし蚊が多くて大変だったろう、だからいちはやく蚊という漢字が「か」に当てられたのかな、などとあらぬ想像をしながら、竹取の翁を読むのも楽しいものです。

前掲の岩波の「大系」は、この五文字を「若子《わくご》が身」と読み下しています。赤ちゃんの身で母親に抱かれたのか、赤ちゃんの髪をして抱かれたのか。筆者の素人解釈によれば、竹取の翁、髪と衣にずいぶんこだわりの人のようですから、赤ん坊の時には、わしだってこんなかわゆい髪をしていたと、強調したかったにちがいありません。

アデランスとウエアーは、いつの時代でも、おしゃれの一番のポイントです。まして、万葉の時代には、その人が属する世代や職業や身分は、今日よりも、髪型や服装のちがいに著しく表れたでしょうから、竹取の翁、自分が昔、どんな豊かな髪をし、どんなおしゃれをしていたか、もう必死の歌いっぷりです。

その自慢話、もう少し聞いてみましょうか。

丹《に》よれる子らがよちには、

蜷《みな》の腸《わた》か黒し髪を
ま櫛もち　ここにかき垂れ
取り束《つか》ね　上げても巻きみ
解き乱り　童髪《わらは》になしみ

紅顔の美少年の頃のこのヘア自慢も、心地よい万葉言葉のままに読むと、なんとなく意味が通じますから、よくしたものです。

それにしても、万葉時代の少年は、肺臓ジストマの中間宿主といわれる川蜷《かわにな》の腹わたのようなまっ黒けの髪を、さぞかし立派な「ま櫛」で、乙女のように梳き垂らし、取り束ね、巻き上げ、また解き乱し、まことに優雅なものです。

まあ今日でも、朝シャンの後、鏡に見入りながら、ま櫛ならぬドライヤーとブラシを使って、ああしたらいいかこうしたらいいか思い悩みながら髪型を整えるのも、同じ年頃の少年たちです。

村芝居の翁が、万葉時代の朝シャン風景を「か黒し髪を　ま櫛もち　ここにかき垂れ……」とおおげさな身振りで演じるさまが、目に浮かぶではありませんか。

こんな調子で、自慢話しが続くのですが、その極みに翁は、こう歌います。

春さりて　野辺《のへ》を廻れば
　おもしろみ　我れを思へか
　さ野つ鳥　来鳴き翔《かけ》らふ
秋さりて　山辺を行けば
　なつかしと　我れを思へか
　天雨《あまくも》も　い行きたなびく
かへり立ち　大道《おほち》を来れば
　うちひさす　宮女
　さす竹の　舎利壮士《とねりをとこ》も
忍ぶらひ　かへらひ見つつ
　誰が子ぞとや　思はえてある

春の野辺を廻ると、まあ、なんてかっこいい男《ひと》と、野の鳥が寄り集って鳴いて飛びまわるし、秋の山辺を行けば、私を慕い焦れて、天雲もたなびいて来る、と実に気宇壮大な自惚れようです。

もっとも舞台は、古代の野外劇場です。天翔ける鳥も雲も舞台装置ですから、このぐらい大ボラを吹かないと、観客に受けることはできません。

都大路を行くと、女官も舎人もこっそり振り返って、どこの若者かと思いを寄せた、と言いますから、もう平城の都の長谷川一夫か上原謙です。

そんな往年の大スターも、落ちぶれれば哀れなものです。

今どきの娘たちには、長谷川一夫もへちまもありません。それ、どこのじいさん？ってなものです。

九人の乙女らに取り囲まれて、口々にどこの馬の骨あつかいですから、翁のショックは、相当なものです。

かくのごと　せらゆるゆゑし
　いにしへ　ささきし我れや
はしけやし　今日やも子らに
　いさとや　思はえてある

このようにチヤホヤサれ、モテモテだったわしじゃが、あぁー、今日はあなたらに、どこのじいさん、と相手にもしてもらえない。

かくのごと　せらゆるゆゑし
　いにしへの　賢《さか》しき人も
後の世の　鑑《かがみ》にせむと
　老人《おいひと》を　送りし車
持ち帰りけり　持ち帰りけり

よっぽどショックが大きかったのか、頭に来たのか、竹取の翁、「かくのごと　せらゆるゆゑし」の連発です。

最初の「せらゆるゆゑし」が、あのようにモテモテだった自分なのに、という詠嘆であるならば、二番目の「せらゆるゆゑし」は、そんなに年寄り扱いして邪魔にするなら、いつかあんたらも、ばあさんになって、姨捨山に捨てられるぞ、という脅しです。

「後の世の鑑」になった「いにしへの賢しき人」とは、中国の古籍『孝子伝』に登場する楚の孝孫・原穀のことだそうです。

原穀の家には、寝たきり老人の祖父がいました。それを厭い患った親不孝者の代表のような父親が、子の原穀に車を作らせ、祖父を乗せて山中に捨てて来いと命じました。祖父を捨てに行った原穀は、姨捨車を家に持ち帰りました。父親は大いに怒り、「なぜ、この凶物を持ち帰ったか」と咎めました。原穀は、「お父さん、この次は、あなたを乗せて捨てに行かなければなりませんから」と答えました。父親は悔悟し、山中に行って祖父を迎え帰り、以後朝夕供養を尽したのでした。

竹取の翁が、老人を送った車を「持ち帰りけり　持ち帰りけり」と連発しているのは、娘さん、年寄りを馬鹿にすれば、あんたらも姨捨山に捨てられるぞ！　捨てられるぞ！と念入りに脅しているのです。

翁の逆襲にびっくりしたのは、娘たち、いやいや村芝居の観客です。たかが竹取の翁とたかをくくっていたところへ、いきなり「いにしへの賢しき人」ですから、もう目をパチクリです。この時代、中国の古典など持ち出して悪態をつける者は、そうざらにいません。渡来人か留学僧か万葉集の編者ぐらいのものです。こんな超インテリが村に住んで竹を伐っていたのですから、村人はたまげてしまいます。もしかしたら、なまじただ者でない翁の迫力に圧されて、「持ち帰りけり、持ち帰りけり」と手拍子でシュプレッヒコールしたかもしれません。

観衆の反応を見極めて、竹取の翁、すかさず、とどめの反歌二首を歌います。

死なばこそ　相見《あいみ》ずあらめ　生きてあらば
　白髪《しらかみ》子らに　生《お》ひずあらめやも

白髪《しらかみ》し　子らに生《お》ひなば　かくのごと
　若けむ子らに　罵《の》らえかねめや

第一首。若死にすれば、そんなめに遭わずにすむのに、長生きすれば、あなた方にも白髪が生えて来ますよ。

第二首。あなた方が白髪頭になったら、今の私のように、若者たちに罵られるのですよ。

歌意は、以上の通りですが、この際、翁、そんななまじっかやさしい歌い方はしません。「わしも昔は男山」と自慢だったのに、どこの馬の骨扱いされたのですから、「持ち帰りけり」の連呼にふさわしい反歌のパンチをくらわさねば、気がすみません。

いきなり「死なばこそ」と歌い出したのは、死んでしまえ、ということです。

白髪ばばあに　なりたくなくば　娘らよ

長生きせずに　くたばっちまえ
白髪ばばあに　なればあんたも　若子らに
罵られるぞ　わしのようにな

どうだ、まいったか！　ワッハッハッハ、と白髪をうちなびかせて、このぐらいきたない歌い方をしたのにちがいありません。

さあ、九人の娘たち、このあくざもくざに、どう反撃したのでしょう。

〈娘子《をとめ》らが和《こた》ふる歌九首〉
はしきやし　翁の歌に　おほほしき
九《ここの》の子らや　感《かま》けて居《を》らむ
（まあなんて　あなたの歌って　すてきなの
わたしたちぼうっと　感じてしまうわ）

いつの時代でも、年寄りに反抗するのは、「今どきの若い者」の特権ですから、「知ったかぶりして、姨捨車なんか持ち出して、でも、じじいはじじいよ」ぐらいの反撃はしてもらわないと面白くないのですが、切り込み隊長のはずの一番バッターが、「わたし感じちゃったわ。ねえ、感じてしまっていいのかしら」ってな調子ですから、もう後は連鎖反応、雪崩現象です。

恥忍び　恥を黙《もだ》して　事もなく
　物言はぬさきに　我れは寄りなむ
(恥ずかしくて　口答えなんかできません
　わたしあなたに　従いますわ)

いなもをも　欲しきまにまに　許すべき
　顔見ゆるかも　我れも寄りなむ
(なにをいっても　許してくださる　お顔つき
　わたしもあなたに　従いますわ)

死にも生きも　同じ心と　結びてし
　友や違《たが》はむ　我も寄りなむ

（生き死にを　ともに誓った　友だもの
　わたしもあなたに　従いますわ）

何せむと　違《たが》いは居《を》らむ　いなもをも
　友のなみなみ　我れも寄りなむ

（友だもの　いいとかいやとか　いえないわ
　わたしもあなたに　従いますわ）

四番、五番バッターが、このていたらくです。竹取の翁にいい返したいことがあれば、みんなと違うわ、わたしはいうわと、やり返せばいいのです。でも、生き死にをともに誓った友の手前、また何をするのも一緒の友達に気を使って、自分だけ違った意見を表明するわけには行きません。否も応もなく、「わたしもあなたに従いますわ」です。聖徳太子の教えの成果でしょうか、和の精神がこの時代からすでに若い人々に浸透しているようです。

あにもあらじ　おのが身のから　人の子の
　言《こと》も尽さじ　我れも寄りなむ

（人並みに　いうことなんて　ありません
　　わたしもあなたに　従いますわ）

この娘さんは、竹取の翁になにか弱みを握られているのでしょうか。「あにもあらじ」違うなんてこと絶対にありません、わたしも、お友だちと同じ考えよ、第一こんな身の上ですから（このあたりが、なんだか微妙ですが）、人並みにいうことなんてありませんわ、わたしもあなたに従いますわ、です。

はだすすき　穂にはな出《い》でそ　思ひてある
　心は知らゆ　我れも寄りなむ
（友の気持　顔に出ないけど　わかります
　わたしも　あなたに従いますわ）

7番バッターのこの娘さんも、胸に一物あるはずです。こんな年寄りにいい負かされ、やすやすと従っていいのかしら。みんなも同じ気持じゃないの？　でも、今日のところは、お互いそんなこと顔に出さずにしましょう。わたしも翁に従いますわ、です。

残るは、八番、九番バッター、逆転なるでしょうか。

住吉《すみのえ》の　岸野の榛《はり》に　にほふれど
　にほわぬ我れや　にほひて居《を》らむ
（意地っぱりで、人に染まらぬ　わたしなのに
　染まってしまうわ　あなたの榛に）

榛の木（はんの木）は、山地の湿原に自生し、樹高二十メートルに達し、材は薪、建築器具用に、果実は茶系統の染料になるそうです。その染料で染めても染まらなかった娘さんは、相当の意地っぱりとお見受けします。「我れも寄りなむ」といわないあたりがそれを証明しています。でも、いいわ、わたしあなたの榛なら、染まってあげるわ、です。

で、ついにラストバッターです。

春の野の　下草靡《なび》き　我れも寄り
　にほい寄りなむ　友のまにまに
（春草の　わたしもあなたに　従うわ

染まってしまうわ　友とともども）

逆転のホームランどころか、「友のまにまに」友をかきわけ、すりぬけ、翁にすり寄る気配ではありませんか。

ここまで来れば、付和雷同、連鎖反応どころか総崩れです。

どこの年寄り？　と笑い者にした竹取の翁から、昔色男でモテモテだったこのわしを、よくも邪魔者扱いしてくれたな、あんたらもそのうち白髪ばばあになって姨捨山だ、と剛直球を投げ込まれると、どのバッターもどのバッターも凡打の山です。

「娘子《をとめ》らが和《こた》ふる歌」と称して、娘たち一人一人順々に翁の前に進み出て、

「我れは寄りなむ」

「我れも寄りなむ」

あなたのおっしゃる通りですわ
あなたに同意しますわ
あなたの意見に従いますわ
あなたの心に染まってしまうわ

の大合唱です。

春三月、丘の上の歌垣、いや村芝居の野外ステージで、大げさな身振り手振りをこきまぜ、「いにしへの賢《さか》しき人」まで持ち出し、脅迫まがいの短歌で反撃する翁の迫力ある演技に、娘たち、がん首並べて、まいったというわけです。

いまどきの娘たちだと、「何こくだ、クソじじい」ぐらいのことはいい出しかねませんが、さすが万葉乙女、意外に率直純情です。

老をさらけ出し、身をもって老いの何たるかを教える翁の心情に、娘たち、敬老の念を呼びさまされたようです。

過去の栄光（色男ぶり）にこだわり過ぎのきらいはありますが、翁、最後は、年寄りで何が悪い、と居直り、若さいっぱいの娘さんたちも、老いからまぬがれないのだよ、とたしなめます。

翁は、決して暗い感情に沈みこんではいません。老いを居直るこの明るさが、乙女たちの心魂をゆり動かしたのでしょう。

年寄りの老いの受容と若者の敬老の精神、世代を越えた相互理解――万葉集の編者はこの物語を通じて、この点を後の世に伝えたかったのでしょうか。

さて、このくだり、現代の万葉学者や歌人は、どう読み解いているのでしょうか。

『岩波古語辞典（補訂版）』は、「より（寄り・依り）」の項で、「物や心を引きつける方へ、自然に自発的に近づいて行く意　（1）空間的に、ある地点に引きつけられる（2）心理的に対象に引きつけられる」とした上、（2）の②として「従う。服従する。」の意味を揚げ、その例として、わざわざ二人目の娘の歌「恥忍び　恥を黙《もだ》して　事もなく　物言はぬさきに　我れは寄りなむ」を紹介しています。つまり同辞典は、娘たちが心理的に翁に従う、服従する歌としてこのくだりを説明しています。

『翁の誕生』の著がある折口信夫は、「我れも寄りなむ」のリフレインを、

私も老人の語に従いましょう

同様に、老人のいう語に従おう

自分も老人の語に従うていよう

私もこの老人の語に従おう

と訳して、娘たちの同意の気持を表現（『新装版日本古典文庫　万葉集　下』河出書房新社）しています。

郷土の大歌人・窪田空穂は、『窪田空穂全集　第十八巻　万葉集評釈Ⅵ』（角川書店）のなかで、

私は翁の訓戒に従いましょう

と訳して、乙女たちの心理を説明しています。

空穂は、同書のこの物語に対する「総評」において、（当時、伝統として行われていたものをまとめ上げて）「作者は、一つの歌物語としたのであるが、その中心を貫流しているものは、……儒教の立場に立って神仙思想を否認しようとすること」だ、と述べています。

つまり空穂によれば、竹取の翁は敬老を旨とした儒教思想の代表、娘（仙女）たちは永遠に死ぬことも老いることもない神仙思想の代表で、両者が激突した結果、仙女にも老いが来ること、老いれば人々に軽視を受けるであろうことを彼女らに承認させ、当時宮廷をはじめ庶民社会に蔓延していた神仙思想を否認した、とのことです。すなわち、この歌物語は、儒教思想、敬老思想を説いたもの、ということです。

老人問題を研究している高野澄は、『歴史に学ぶ老いの知恵』（ミネルヴァ書房）のなかで、この物語をとりあげ、同様に、

私もおっしゃるとおりに思いますわ

私もこの翁の言うことに賛成します

私も翁に従いましょう

と現代語訳しています。

特に七番目の娘について、「『言いたいことはあるが、それを老人に向かって言ってはいけない』という抑制の態度が生じる。といって『言いたいだけ言わしておけ』という、突

き放した態度でもない」と述べ、九人の娘たちの思慮深さや翁に対する好意的態度を評価しています。

同書によれば、この物語は「神秘的存在の『おきな・おみな』というものを、人間次元に引き戻すためには、思慮深い娘たちに、一方では嘲笑され、一方では尊敬されるという構図はどうしても必要だった」とのことです。

年寄りは、いつの時代でも若者から嘲笑される（それが、若さというものでしょうか）、存在だけれど、年寄りの生き来し方や生きざまが理解できれば、若者はまた敬老の念をもつ（それも、若さでしょうか）、老いと若さの間のこんな関係を、この老若贈答歌は教えてくれているようです。

＊　＊　＊

このまま終わると、万葉集はなんだか、修身の教科書のようです。

この「老民考」も、例によって、面白くでもなんでもありません。

だいたい、いまどきの娘に比べていかに純真純情であっても、万葉乙女がこうも簡単に竹取の翁にマインドコントロールされるのは許せません。

白髪ばばあになりたくなければ、くたばってしまえ、と悪罵を投げつけた翁だって、いささか拍子抜けです。

村芝居の観客だって、儒教思想・敬老精神普及のフィナーレに拍手喝采したとは思えません。

で、例によって、この「老民考」、ひねくれて斜っかいに、この物語を見てみたいと思います。と、ずいぶん、いろいろのことが見えて来ます。

この物語は、儒教思想、敬老思想普及のために、村祭りで演じられたものでしょうか。春三月の丘の上、「百嬌は儔《なら》びなく、花容は匹《たぐ》ひなし」という美女群団の登場といえば、もう色恋の物語と決まっています。

それでこそ、村芝居の観客、拍手喝采、大喜びです。

だいたい「由縁ある歌と雑歌」と題された万葉集巻十六は、男女の色恋の物語から始まります。

第一話は、二人の壮子（若者）から求婚された桜児《さくらこ》という娘子（乙女）が、決闘をやめさせるため、自ら「林の中に尋ね入り、樹に懸《さが》りて経《わな》き死ぬ」物語です。

第二話は、三人の男に求婚された縵児《かづらこ》という娘子が、女の身は露のごとし、男の志は石のごとしと嘆き、「池の上《ほとり》を彷徨《たちもとほ》り、水底に沈み没《い》りぬ」という物語です。

そして第三話が、竹取の翁の物語。

第四話は、両親に内緒で「ひそかに交接《まじはり》を為す」男と女がおり、そろそろ親に知らせたらと女が男を促す物語です。

第五話は、新婚間もない男が公務で遠境の地に単身赴任し、数年の後、雪降る冬に帰任したところ、「感慟《いた》みし悽愴《かなし》びて、疾疢《やまひ》に沈み臥し」痩せ衰えて咽《な》くばかりの妻を見て、哀しみ涙を流して歌を口ずさむ物語です。

こんな調子で、男と女の由縁ある物語と歌が十九話も続くのです。

竹取の翁の物語が敬老を説くものだとしたら、明らかに異質です。この巻の編纂は、大伴家持とのことですが、気まぐれを起こして第三話を挿入してしまったのでしょうか。

第三話は十九話のなかでも最長編物語なのですが、家持ともあろう者が、気まぐれで混じり込ませるわけがありません。

家持は、正当な理由をもって、ここに竹取の物語を入れたのです。

民間に演じられ歌われて来た竹取の翁の村芝居は、もともと男と女をテーマにしたものだった、と推測されます。

この推測の当否のカギは、二つあります。

ひとつは、ここに登場する翁は、なぜ「竹取の翁」でなくてはならないのか、です。

かぐや姫を竹藪から見つけたおじいさんは、「竹取の翁」でなければなりません。でも、万葉のこの物語の主人公には、竹取りを生業《なりわい》としている必然性は、まったくありません。竹取の翁が竹藪に分け入って道に迷い丘にさまよい出たとか、竹細工を娘たちにプレゼントして喜ばれた、といった話しではありません。

娘たちに老いをからかわれ、敬老を説いて聞かせるならば、別に「竹取の翁」でなくて、どこにでもいる村の古老でよいはずです。

にもかかわらず、「竹取の翁」なのは、なぜか、です。

この問題には、柳田国男も注目したようで、その著『昔話と文学』(『定本　柳田国男集　第六巻』筑摩書房)のなかで、「万葉集の竹取翁が説話であったこと」「ある一人の文士の創作した小説で無い証拠」として、「是は当時その背後に、竹取の翁が無上に幸福なる婚姻をしたという話が、かねて一般の智恵となって流通していたために、一半をその連想に托くすることを得て、許多《あまた》の叙述を必要としなかったのである」(現代文訳)と述べています。竹取の翁というだけで、当時の村芝居の観客は、どっと来たにちがいありません。

村人のなかでは、竹取の翁は、老人というイメージよりは、成長が早くて柔軟強靭《じん》な竹につながる男というイメージの方が強かったのかもしれません。

長谷川一夫と高倉健をたして2で割ったような二枚目で、三船敏郎のように精力絶倫、寅さんのように心温かで口達者、光源氏のような色事師、そういう男のなかの男が、当時、民衆のなかでの「竹取の翁」像だったにちがいありません。

ですから、九人の天女と竹取の翁との組み合わせといえば、どんな色恋沙汰がおっ始まるのか、もう人々は興味津々です。

九人の娘達がそろいもそろって、やすやすとマインドコントロールされるのは、「竹取の翁」というイメージがもつ魔力ゆえです。

柳田は、前掲書のなかで、「万葉の竹取翁は残片であるけれども、なおその中からでも窺い知られることは、この一伝が特に〈天人女房〉譚の趣向に重心を置いて居たこと、及びあの当時京華文藻の士が、競うて説話の修飾に参加して居たことである」（現代文訳）とも述べています。

もともと色男の竹取が、羽衣をまとって天から降りて来た絶世の美女を女房にしたという物語を、当時のインテリ文士が勝手に敬老譚や子育て（かぐや姫）小説に創り変えてしまった、と柳田は言いたいのです。

かぐや姫の育て親の竹取翁の大先輩筋に当たる万葉集の竹取翁ですから、男くさい色香をふんぷんと漂わせていたはずです。

さて、もうひとつの鍵は、「われはよりなむ」「われもよりなむ」の「よる」という言葉です。万葉集の解説書には、「寄る」「依る」「頼る」といろいろな「よる」が登場しますが、これがくせものなのです。

男のなかの男の竹取の翁に対して百嬌花容なみなみならぬ美女達が用いる「よる」は、なまめかしく、なまなましい語感を伝えて来ます。

万葉集解説書のなかには、「私は爺さんに靡《なび》きましょう」「私も靡《なび》いて爺さんに身を寄せましょう」（前掲『新潮日本古典集成』）との現代語訳も見られます。「お説に従いましょう」よりも、こっちの方が、よっぽど嬉しいじゃあありませんか。

万葉集研究の泰斗・澤瀉《おもだか》久孝の『万葉集注釈第十六』（中央公論社）は、「私は翁に靡き寄りませう」「自分も寄り従いませう」と訳した上、九人目の乙女の歌を、「春の野の下草が靡くやうに、自分も靡き寄り、なまめき寄りませう。友ともどもに」と口訳しています。「春の野の下草」から連想できるものは、ひとつだけです。「靡く」は、「淫靡《いんび》」の靡です。「なまめき寄り」は、説明の必要はないでしょう。

春の野の　下草靡き　我も寄り
　にほい寄りなむ　友のまにまに

おおらかにセックスを連想させる歌とともに、竹取の翁、九人の天女に手をとられ、ゆるみっ放しの笑顔をふりまいて、春祭りの舞台から退場します。

こういう終幕だからこそ、満場爆笑、やんややんやの拍手喝采です。カーテンコールにおひねりぐらい飛んだにちがいありません。

素人なりきに勝手に推測すると、この長歌は、人は誰でも年老いること、老人は老いを嘆息しつつも受容しなければならないこと、若者は老いを嘲笑しつつも敬愛しなければならないことを説いたものではありません。

反対に、老いることは枯れ果てることでなく、歳を重ねても、男は男（女は女）のままであることを、おおらかに教えてくれるものです。

「としをとる」ということは、残り少ない歳月を奪い取られる寂しい人生ステージなのではなく、長い歳月が育んだ人生の実りを収穫する豊かで楽しい生と性のステージであることを、竹取の翁は身をもって示してくれたのだ、と思います。

さてさて、古来、この長歌は、万葉集中難解をもって知られ、研究者泣かせであったようです。

現在の万葉集研究の水準をもってしても、まだ読み解けない字句もあれば、歌意の解釈にも諸説があります。比較文学の碩学・中西進の『万葉論集第二巻　万葉集の比較文学的研究・下』（講談社）によれば、「従来の先学の説」は、

神仙譚的歌謡

野遊型歌謡

敬老思想的歌謡

と呼び分けられる、とのことです。

氏自身は、浦島太郎などと基を一にした「神仙譚的歌謡」としてとらえ、「竹取物語」にも連なる説話としています。

たしかに、竹取の翁は竹林の仙人であり、九人の娘子は羽衣をまとった天女のイメージがあります。

しかし、またまた素人の大胆解釈によると、この物語は、たんに人から人へ、口から口へ膾炙《かいしゃ》されて語り継がれて来た説話というだけでなく、観衆に囲まれた歌垣のなかで、男女ともどもに歌われ踊られて来たミュージカル・オペレッタです。村の男女が生き身の人間として登場し、色恋の物語を演じて野遊びしたのです。見物して愉しんだのです。だからこそ、この長歌は、生命力をもって生き永らえて来た、と思うのです。

人は永遠に歳をとらないという神仙譚に発し、男女の色恋の野遊び歌謡として歌い継が

れて来たこの物語を敬老思想的歌謡として変身させたのは、ほかならぬ万葉集巻十六の長歌の作者です。

氏の同著における詳細な研究によれば、この文学的作為をしたのは、あの山上憶良にちがいない、とのことです。

漢籍の素養をもち、儒教の思想に親しんだ学者、唐に派遣され、筑前守として太宰府に派遣された官僚、庶民に思いをはせ「貧窮問答歌」を詠んだ歌人の憶良ならではの作品ということでしょうか。

氏によれば、憶良の詠唱した「この歌は、人から人へ三、四十年間の伝承を経て家持まで辿りつ」き、「家持によって巻十六の一首となった」といいます。

この間に、憶良が初作者だったことは忘れられ、口誦ゆえにさまざまな改変を受け、ちがった姿で筆録され、万葉集に収められたと、氏はいいます。

しかし、巻十六が編集された時、憶良が採取し、長歌・短歌に仕立て上げた敬老歌謡の本歌であった野遊びのオペレッタは、男と女の色恋物語として、まだ京華を隔てた村々のあちこちで、歌い演じられ、楽しまれていたにちがいありません。

この長歌が、巻十六の初頭、男女の色恋歌謡の第三話に位置を占めたのは、こういう事情からで、編者家持の気まぐれからではない、と私は思います。

民衆に愛され、歌い継がれて来た竹取翁長歌・短歌の本歌は、歳をとっても男は男、女は女、それが人間のあるがままの自然なのだと、おおらかに謳歌しています。

人間からこの自然を、翁《おきな》媼《おうな》から色恋をはぎとってしまったのは、このころ伝わって来て、やがて国家思想となる儒教の道徳だったのかもしれません。

※本編は、ワープロ個人文芸誌『枯々草』（手塚英男著・編・刊）第二号（97年7月刊）に掲載されたものです。

著者略歴

**手塚　英男**（てづか・ひでお）

1939年信州・松本に生まれ育つ。57年東京大学（文Ⅱ）入学。北町・川崎セツルメントで地域活動に取り組み、60年安保闘争を闘う。教育学部（社会教育専攻）卒業後、郷里のまちで公民館・図書館など社会教育の現場の仕事にたずさわる。98年退職後は、ハコモノ行政、市町村合併、市民の財政白書づくりをめぐる住民運動や市民オンブズマン活動に取り組む。92年から08年まで、100人の読者に宛てたワープロ個人文芸誌『枯々草』（全10巻）を発行し、小説「酔十夢」（10編）、雑話「日本老民考」（6話）を掲載。

日本老民考　第一話

二人の竹取の翁

---

2009年8月10日　初版第1刷発行

| | |
|---|---|
| 著　者 | 手塚英男 |
| 装　幀 | クリエィティブ・コンセプト |
| 表紙イラスト | 喜多　啓介 |
| 制　作 | い　り　す |
| 発行者 | 川上　徹 |
| 発行所 | ㈱同時代社<br>〒101-0065　東京都千代田区西神田2-7-6川合ビル<br>電話 03(3261)3149　FAX 03(3261)3237 |
| 印　刷 | 株式会社シナノ |

---

ISBN978-4-88683-651-9